花千樹

血案3

之

血液學視角下的歷史與命運

史丹福　著

目錄

檔案一
紅血球疾病

檔案二
血液癌症

檔案三
流血與血栓

代序

　　歷史，由人的故事累積而成。學校教育框架下的歷史，課程很多時候聚焦於朝代的治亂興衰，嘗試追溯出歷史變化定律。至於另一個面向微觀地從人物的角度出發，例如仔細梳理歷史人物的一生以及社會不同階層的生活，對於我們的日常生活亦甚有啟發，並且增添延伸閱讀的趣味。

　　近百年來科技進步急速，創作成本下降，傳播速度及廣度的增長史無前例，出版及影視作品推陳出新。在這情況下，歷史相關作品的題材由以大事件大人物為主，越益發展趨向細緻化處理、被遺忘的小眾及在歷史空白間創作，百花齊放。

　　《血案》系列融會貫通歷史與醫學，以嶄新角度切入，細緻剖析古今中外的人物趣事，每篇可以分別閱讀。這種跨學科跨範疇的分析，讀下去感覺新鮮且津津有味，亦有助普及歷史。本身是歷史愛好者的讀者，可以找到嶄新的解讀角度。醫科專長的讀者，則可深切感受到醫療水平、公共衛生及個人健康在歷史變革中的重要性。「普及歷史」這件事的本質其實十分實在，就是令大家共享前人的視角、經驗及睿智，生活經驗變得更深刻和豐富。

讀歷史並不是要去背誦事件，更應要思索「為什麼」（Why）及「如果」（What If）。

歷史上英年早逝的領袖不勝枚舉，例如馬其頓出身的亞歷山大大帝、中國三國時代的周瑜及日本戰國時代的上杉謙信。在位者的健康情況，往往直接影響歷史演變及疆界。《血案3》處理的，正正包括必問的「為什麼會英年早逝」，背後是時代因素、個人習慣，還是其他人為因素？

謝謝史丹福的邀請，這趟歷史與血液學聯乘的探索之旅實在不容錯過！

Taurus Yip
Watershed Hong Kong 創辦人
《香港保衛戰紀——十八個需要記住的香港故事》作者

代序

　　在這個資訊爆炸、真與假的資訊都唾手可得的時代，醫學「知識」的普及可以說是好壞參半。複雜的醫學概念和專業術語常常令人卻步。然而，正確且簡單易明的醫學科普書籍和網上媒體，正能在這種環境下發揮教育大眾的重要作用。

　　史丹福醫生自 2017 年開始撰寫醫學科普文章，早於我一年踏入這個領域。我們都熱衷於在社交媒體上推廣醫學知識，彼此更加從中受益匪淺。雖然我們倆都是醫生，一個是血液病理學醫生，一個是眼科外科醫生，工作上都是使用顯微鏡，但正所謂「隔行如隔山」，大家的專業領域卻有很大的不同。眼科醫生給細小的眼睛結構做微創手術，就像是修理鐘錶的師傅；而病理學家則被稱為醫生的醫生，當其他醫生遇上棘手的病例，需要了解疾病的本質及其可能的結果時，他們會求助於病理學家來指導治療。

　　透過閱讀史丹福醫生在 Facebook 上的血液學和歷史文章，我獲益良多，有時甚至能認出多年前在醫學院時學過的血液學專業術語！此外，史丹福醫生在數學領域也有卓越成就，發表了多篇學術論文，這使我對他更加佩服。

在《血案3》一書中，史丹福醫生以生動的歷史人物敘述和深入淺出的解釋，使得抽象的醫學話題變得觸手可及，讓讀者在輕鬆愉快的閱讀中了解不同歷史人物的醫學故事。在閱讀的過程中，你將會發現，醫學不僅僅是醫院中的檢查和治療，更是與近代史息息相關。

無論你是醫學領域的愛好者，還是中西方歷史的發燒友，這本書都會令你獲得豐富的啟發和收穫。讓我們一起開啟這段奇妙的血液學和世界歷史之旅吧！

Dr Eye

MA (Cantab) MBBS FRCOphth CertLRS

英國眼科顧問醫生

Facebook「醫學治眼」版主

自序

喬治・歐威爾（George Orwell）筆下的經典名著《1984》曾經寫過：「誰控制過去，就控制未來；誰控制現在，就控制過去。」這句言簡意賅地說明了歷史的重要性，也說明了為何獨裁者都喜愛操縱歷史及歪曲歷史。

《1984》所描述的世界非常可怕。以「老大哥」為首的「黨」操控一切。「黨」會監視國民一舉一動，為了統治而有系統地篡改歷史，會以「思想警察」箝制人民思想，會以「思想犯罪」這個「莫須有」的罪名檢控對「黨」有負面想法的人民。整本小說的氣氛沉重，令人透不過氣。而當中少數比較令人溫暖的情節是主角溫斯頓・史密斯（Winston Smith）找到了一間二手小店，並從小店的店主口中得知舊世界的美好，因而激起了他對歷史的興趣。他甚至帶同女主角到這間二手小店私會。

史丹福在前作《血案》與《血案2之血證如山》的序中提及過很多認識歷史的「宏大」原因，例如歷史可以幫助我們培養出正確的價值觀，明辨是非，分辨對錯。不過，史丹福近來也意會對很多人來說，認識歷史並不一定很「宏大」，而只是為了逃離現今世界的恐怖；是為了懷念消逝失去了的、不再擁有的美好時光；是為了

從歷史中找回自己的身份,從中得到一點慰藉,就像是《1984》中的主角溫斯頓般。或許也因為這些原因,香港民間近年興起了一股歷史風氣,網絡歷史專頁如雨後春筍般冒起。

史丹福雖然是一個血液科醫生,歷史並非我的專業,不過歷史也深深地令我著迷。我非常慶幸自己可以在這個歷史風氣盛行的時代透過「血案」系列與讀者朋友分享自己喜愛的歷史故事,同時介紹自己的專業——血液學,一箭雙鵰。

《血案 3 之踏血尋源》是《血案》系列的最新一本,如無意外應該也是最後一本。本書繼續前作的風格,介紹與歷史相關的血液學故事,借史談血,同時也借血談史。在這系列的最後一本書中,我嘗試毫無保留地把最豐富及最有趣的內容介紹給大家。

在歷史的層面上,本書包含了古希臘史(亞歷山大大帝比其他馬其頓人更易染到瘧疾嗎?)、近代世界史(偷襲珍珠港事件如何促進了白蛋白製劑的發展?)、古代中國史(關羽的臉真的很紅嗎?)、香港近代史(香港開埠初期的瘧疾疫症如何影響到香港的城市發展?)、台灣近代史(台灣流行的 HTLV-1 病毒與鄭成功

有何關係？）、藝術史（梵高為何會精神錯亂？）等不同種類的歷史，可以說是橫跨了古今中外。

　　至於在血液學方面，本書除了介紹了前作也有所涉獵的紅血球疾病、血液癌症、流血、血栓及血液相關傳染病外，更特意加入了一個有關輸血醫學的新章節。輸血醫學與戰爭歷史環環相扣、息息相關。相信各位讀者朋友在讀完這本書後會更加體會到戰爭根本上就是輸血醫學催化劑！西班牙內戰、第二次世界大戰等造成無數生靈塗炭的戰爭竟然催化出救人無數的輸血技術，真是非常奧妙卻又非常諷刺。

　　最後，我想再一次多謝編輯團隊的努力及各位讀者朋友的支持，令到「血案三部曲」可以順利出版。希望你們能夠繼續在這部新作品中找到血液學及歷史的樂趣。

史丹福

2024 年 6 月

血案 3

紅血球疾病

1.1
亞歷山大大帝
血液中的保護者

亞歷山大大帝（Alexander the Great）是史上最驍勇善戰的軍事天才之一。一般來說，我們會用「戰無不勝」來形容戰鬥能力極高的軍事領袖，不過我們都知道這個詞語只是文學上的修辭技巧，一個軍事家又怎麼可能會終其一生都未試過被擊敗呢？即使是強如拿破崙，一樣會兵敗滑鐵盧；強如忽必烈，一樣會敗給日本的「神風」。唯獨是亞歷山大，是真真正正地打贏了他遭遇過的所有戰鬥，是確確實實的「戰無不勝」。

亞歷山大在 20 歲即位成為馬其頓國王，之後迅即帶領著他的馬其頓大軍踏上了征服波斯之旅。當時，馬其頓王國是一個位處世界邊陲的小國，波斯卻是一個無論軍事、文化、經濟都屬世上首屈一指的超級強國。馬其頓入侵波斯本應如以卵擊石，以指撓沸。不過亞歷山大卻憑著其得天獨厚的軍事技能長驅直進，如入無人之境，並在伊蘇斯戰役（Battle of Issus）和高加米拉戰役（Battle of Gaugamela）等多場關鍵的戰役中擊敗強大的波斯大軍。結果，波斯這個世上最強、領土最遼闊的帝國竟然全數被亞歷山大征服。

不過亞歷山大仍然不滿足，他決心要征服至世界的盡頭。最終他竟然揮軍至印度，這已是當時西方世界所知的最遙遠的疆土。在擊敗印度大軍後，他麾下的馬其頓戰士開始哀求他結束征戰，讓他們能夠卸甲歸鄉。此時，亞歷山大所建立帝國的領地幾乎無人能及，範圍包括了今天的希臘、北馬其頓、羅馬尼亞、土耳其、敘利亞、黎巴嫩、以色列、埃及、伊拉克、巴基斯坦、土庫曼、烏茲別克等共計十多個國家領土。

亞歷山大旋即回到了巴比倫（位處今天的伊拉克）這座大城市去統治他的帝國，但他顯然覺得治理國家是件無聊的事。甚至有記載指出當亞歷山大看見他寬廣的領土時，他便不自覺地落淚了，而原因竟然是他覺得世上已沒有他可征服的土地。

也許，亞歷山大生存目的就是戰鬥與征服。在他不再征服後，他的生命之火也漸漸熄滅。

命喪巴比倫

亞歷山大回到巴比倫之後不時舉辦宴會狂歡。有一天，亞歷山大狂飲了大量葡萄酒，並喝得酩酊大醉。第二天一早，他抱怨全身疼痛，並且開始發燒。之後他的狀態慢慢變差，病得不能行走，最後在發燒後的第十天逝世。

檔案一
紅血球疾病

　　亞歷山大的死因眾說紛紜，其中一個說法是他死於中毒。亞歷山大一生中樹敵甚多，有很多人都有殺害亞歷山大的動機。其中一個主要的嫌疑人是馬其頓的攝政安提帕特（Antipater）將軍。亞歷山大臨死前，他的母親奧林匹亞斯（Olympias）曾寫信給亞歷山大控告安提帕特煽動騷亂及對王室不忠。亞歷山大更因此而下令安提帕特前往巴比倫來澄清指控。安提帕特可能因此懷恨在心而暗殺亞歷山大。不過，現代的醫學學者們普遍都認為中毒的說法並不成立，因為世上根本就沒有毒物可以令人連續發燒十天之後死亡。醫學學者們一般都認為這病徵與感染比較吻合，而當中最大的疑兇就是我們血液科的「老朋友」瘧疾（malaria）。

　　瘧疾是一種可怕的嚴重疾病，它由瘧原蟲屬（*Plasmodium*）寄生蟲引起，寄生蟲在進入血液後就會走到紅血球內成長。患者通常會出現發燒、發冷、頭痛等病徵，病情嚴重的病人更會出現器官衰竭、昏迷甚至死亡。瘧疾由瘧蚊傳播，並且在很多熱帶地區都非常流行，而巴比倫自然亦是瘧禍為患的地區。瘧疾是在當地最常見的感染之一，而亞歷山大的病徵亦與瘧疾頗為吻合。

亞歷山大大帝的家族史

　　阿聯酋的學者德力（Srdjan Denic）與尼古拉（M. Gary Nicolles）基於這個理論再作出分析，他們在新阿聯酋醫學期刊

（*New Emirates Medical Journal*）中發文，並提出亞歷山大的特殊血統可能令他比其他馬其頓人更易患上瘧疾。

在臨床醫學上，家族史從來都是不可或缺的重要資訊。家族史有助醫生了解病人的遺傳特徵，從而更精準地預測及診斷疾病。為了透視亞歷山大的健康狀況，我們不妨了解一下他的家族史。亞歷山大的父親菲臘二世（Philip II）是土生土長的馬其頓人，但他的母親奧林匹亞斯卻並非馬其頓人。奧林匹亞斯是伊庇魯斯（Epirus）同盟最強大的部落之一——摩羅西亞人（Molossians）——的國王涅俄普托勒摩斯一世（Neoptolemus I）的女兒。他們居住的地方是在現代希臘的約阿尼納（Ioannina）地區附近。摩羅西亞人是菲臘二世的盟友，為了加強這個聯盟，雙方便安排了一樁政治婚姻。

奧林匹亞斯的血統甚至曾經危及過亞歷山大的王位繼承權。話說菲臘二世與奧林匹亞斯的婚姻並不和睦，菲臘二世隨後又娶了馬其頓貴族阿塔魯斯（Attalus）的侄女克麗奧佩托拉（Cleopatra）為妻。在婚宴上，阿塔魯斯表示馬其頓王國將有一位「合法的繼承人」，這暗示由於亞歷山大之母來自異族，所以亞歷山大只有一半馬其頓血統，算不上是正宗的馬其頓人。而克麗奧佩托拉的孩子將會是純正的馬其頓人，並可以取代亞歷山大成為王國繼承人。

　　亞歷山大聽到阿塔魯斯的說話後怒髮衝冠，並與父親菲臘二世爭吵起來，二人甚至拔劍相向。期間菲臘二世卻竟然站不穩而摔倒在地上。亞歷山大嘲笑道：「你們瞧啊！一位準備橫掃亞洲的國王，卻竟然跌倒在座椅之間。」由此，亞歷山大因失言而闖下大禍，最終不得不逃離馬其頓。幸好後來菲臘二世的怒火熄滅了，亞歷山大才能回到馬其頓，而菲臘二世最終也沒有改變將亞歷山大安排為繼任人的決定。

　　那麼亞歷山大的血統與瘧疾又有何關係呢？要解答這個問題，我們必須要從瘧疾與紅血球的關係說起。

預防瘧疾的血液保護者

　　人類在很久以前已經受到瘧疾的侵襲，這種殺人無數的寄生蟲會感染紅血球。於是久而久之，人類竟然漸漸演化出各式各樣的紅血球基因突變去防止紅血球受感染。這些突變基因改變了紅血球的結構，令到紅血球更難被瘧原蟲感染。有這些基因的人有較大機會在瘧疾流行的地方存活，生兒育女，把基因傳到後代。久而久之，這些突變的基因就慢慢地在瘧疾肆虐的地區流行起來。這就是達爾文「物競天擇，適者生存」的現象。

在非洲，瘧疾帶來了鐮刀型細胞貧血症（sickle cell anaemia）的基因。在馬其頓所處的希臘地中海地區，鐮刀型細胞貧血症的基因較為罕見，不過地中海貧血症（thalassaemia）及葡萄糖六磷酸去氫酵素（glucose-6-phosphate dehydrogenase，簡稱 G6PD）缺乏症的基因卻頗為流行。這些基因都是人類演化出來預防瘧疾感染的基因。

地中海貧血症是由 α 球蛋白（α-globin chain）基因或 β 球蛋白（β-globin chain）基因突變引起的遺傳性疾病，這兩種基因的突變分別會引起甲型及乙型地中海貧血症。α 球蛋白和 β 球蛋白都是合成血紅蛋白（haemoglobin）的重要成分，如果基因出現突變，就會影響血紅蛋白合成，引起貧血。

α 球蛋白基因有四條，如果一或兩條基因出現突變，病人只是基因攜帶者，會完全沒有症狀。如果病人有三條 α 球蛋白基因出現突變，就會有血紅蛋白 H 疾病（haemoglobin H disease），這是一種中型地中海貧血症，患者會有中度貧血，但大多不需要長期接受輸血。如果四條基因全部都出現突變，那病人會出現非常嚴重的重型甲型地中海貧血症，這是一個非常致命的疾病，嬰兒還未出生時已經會在子宮出現很嚴重的溶血及貧血，嬰兒接近必死無疑。至於 β 球蛋白基因則有兩條。一般來說，單是擁有一條基因突變的人是基因攜帶者。不幸同時遺傳到兩條突變基因的人會有重型乙型地中海貧血症，需要終生接受輸血。

檔案一
紅血球疾病

而 G6PD 缺乏症則是由 *G6PD* 基因突變所引起的遺傳性疾病。G6PD 是一種可以保護紅血球免受氧化攻擊的酶，G6PD 缺乏症的患者缺乏這種酶，一旦遇上強氧化性的化學物、食物，或其他氧化攻擊，紅血球就會迅速受到破壞，引起急性溶血。大部分的 G6PD 缺乏症患者是沒有症狀的，他們甚至可能終其一生都不知道自己患病，只有遇上氧化攻擊時才會有急性溶血的症狀。

由以上的討論可以得知，地中海貧血症的基因攜帶者及 G6PD 缺乏症的患者大多沒有症狀，他們的生活與常人無異，但基因卻令他們有效抵擋瘧疾，使他們的生存更有優勢。因此，地中海貧血症與 G6PD 缺乏症的基因可以稱得上是預防瘧疾的「血液保護者」。

德力與尼古拉兩位學者就在文章中計算了亞歷山大及其父母菲臘二世與奧林匹亞斯帶有地中海貧血症或 G6PD 缺乏症基因的機率。計算的結果如下：

	奧林匹亞斯（母親）	菲臘二世（父親）	亞歷山大（兒子）
攜帶 α 球蛋白基因突變的機率	0 至 0.05	0.05 至 0.15	0.025 至 0.092
攜帶 β 球蛋白基因突變的機率	0 至 0.02	0.06 至 0.19	0.03 至 0.101
攜帶 G6PD 基因突變的機率	0 至 0.01	0.01 至 0.3	0 至 0.005
攜帶至少一個以上提及的基因的機率	0 至 0.078	0.116 至 0.5	0.054 至 0.188

顯然，由於母親的血統，亞歷山大比起他的父親或馬其頓人都有較小機率帶有地中海貧血症或 G6PD 缺乏症基因，也就是說他有較小機率擁有「血液保護者」。根據德力與尼古拉最終的計算，與菲臘二世相比，亞歷山大有 2.14 至 2.66 倍的機率沒有「血液保護者」，所以他也許比較容易受到瘧疾侵襲。

當然，德力與尼古拉提出的只是一個有趣的數學分析。如果我們要確實知道亞歷山大有否擁有地中海貧血症或 G6PD 缺乏症的基因，就必須找到他的屍骸，找到適當的樣本去作基因分析。

可惜，亞歷山大的屍骸到現在仍然是下落不明。亞歷山大在巴比倫逝世後，他的遺體首先於孟菲斯（Memphis）下葬，之後被移至亞歷山卓（Alexandria）這座以他命名的城市再受安葬。許多歷史文獻都提及過亞歷山大的陵墓，而且不少歷史名人，包括凱撒（Julius Caesar）、「埃及妖后」克麗奧佩托拉七世（Cleopatra VII）和屋大維（Octavius）都曾經參訪過。不過，這座陵墓可能在公元四世紀時已受到摧毀。之後，有很多考古學者都試圖重新尋找陵墓的遺址，可惜都是徒勞無功。因此，學者到現時仍然未能夠找到亞歷山大的屍骸，也無法檢驗他到底有沒有攜帶任何影響紅血球並預防瘧疾感染的基因突變。

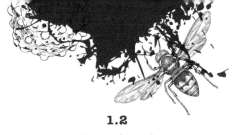

關公臉

關羽乃三國時期的蜀漢大將,他忠肝義膽,義薄雲天,被後世認定是重情重義的代表。他的忠義勇武形象受到中國儒家文化的推崇,民眾尊稱為關公,後世甚至把他「神化」,奉他為神,對他進行供奉及參拜。

除了戰績彪炳與忠肝義膽之外,關羽的外表同樣深入民心。不少影視作品都把關羽描繪成臉色發紅。《三國演義》的第一回〈桃園三結義〉中就把關羽描繪成「身長九尺,髯長二尺,面如重棗,唇若塗脂,丹鳳眼,臥蠶眉,相貌堂堂,威風凜凜」。當中的「面如重棗」就是指他的臉如紅棗一樣呈深紅色。另外,《三國演義》更不時以「赤面長鬚」形容關羽。

面如重棗

當然,我們都知道《三國演義》只是本以三國歷史為基礎寫成的小說,當中半真半假,不能盡信。不過我們不妨暫時拋低學術的

嚴謹性，發揮一下我們的狂想小宇宙。試想像一下，假如關羽的臉真的如紅棗般紅，這似乎不是常人應有的臉色，那究竟關羽的身體可能發生了甚麼事呢？

　　臉部膚色變紅，當然可以是由影響臉部的皮膚疾病所引起，例如脂漏性皮膚炎（seborrheic dermatitis）、異位性皮膚炎（atopic dermatitis）、銀屑病（又稱牛皮癬，英文名稱psoriasis）及玫瑰斑（rosacea）等。

　　除此之外，臉部的血流增多也是臉部變紅的原因之一。試想想，血液是紅色的，如果流到臉部的血液增多，臉的顏色自然會變紅。喝酒、運動、害羞緊張等都會令到血管擴張，於是更多的血液走到臉部，引起臉紅。也許關羽在桃園三結義之前喝了酒，也許他見到劉備時覺得心亂如麻，於是臉色一紅，這些都是他的臉部變紅的可能。另外，醫學上有一種名為庫欣氏症（Cushing's disease）的奇怪疾病，疾病的成因是體內的皮質醇（cortisol）過多，這可以由腦下垂體腫瘤或是腎上腺腫瘤所引起。過量的皮質醇也可以令太多血液流到臉部，令臉變成深紅色。

　　不過，作為血液學的愛好者，我們最關心的當然還是血液學疾病與臉色的關係。

其實，一個人的臉色與血液內的血紅蛋白濃度及紅血球數量息息相關。貧血的病人血紅蛋白濃度及紅血球數量都較低，因此臉上蒼白無色。相反，如果血紅蛋白濃度及紅血球數量增高，那個人的臉色就會顯得異常紅潤。一位經驗豐富的醫生可以單靠病人臉部或者手掌的顏色去估計他們體內的血紅蛋白濃度。

紅血球增多的原因有很多，但大致上可以分為原發性（primary）與繼發性（secondary）兩大類。原發性指紅血球增多是骨髓本身的問題所引致，繼發性指紅血球增多的現象是由其他器官的問題所引致，骨髓只是被無辜牽連的受害者。身體控制紅血球數量的關鍵是一種名為紅血球生成素（erythropoietin）的賀爾蒙，它由腎臟製造，這種賀爾蒙可以刺激骨髓多製造紅血球。腎臟內有細胞去探測氧氣，假如腎臟偵測到氧氣減少，腎臟就會製造更多紅血球生成素，令骨髓加快製造紅血球，讓氧氣可以被攜帶到需要的組織中，反之亦然。這是一個聰明的機制去確保身體組織可以獲得足夠的氧氣。

因此，廣泛性的身體組織缺氧或者腎臟的血液供應減少都會令到腎臟製造更多的紅血球生成素，刺激骨髓製造紅血球，以應付組織對氧氣的需求。引起這現象的疾病包括慢性肺病、先天性發紺型心臟病（congenital cyanotic heart disease）、睡眠窒息症（obstructive sleep apnoea）、一氧化碳中毒、腎動脈狹窄

（renal artery stenosis）等。另外，腎腫瘤、肝腫瘤及某些罕見腫瘤，可以不受控制地自發分泌紅血球生成素，令紅血球增多。以上提及的都是繼發性紅血球增多的成因。

而原發性的紅血球增多則是指骨髓不受紅血球生成素控制，自行大量製造紅血球。當中最主要的例子就是真性紅血球增多症（polycythaemia vera）。真性紅血球增多症由 *JAK2* 基因突變所引起，此突變令到骨髓中的造血細胞能夠脫離紅血球生成素的控制，自行增生，因而令到紅血球數量異常地增高。從學術上的分類來說，真性紅血球增多症是一種骨髓增生性腫瘤（myeloproliferative neoplasm）。雖然「腫瘤」一字聽起來很嚇人，但其實真性紅血球增多症是一個很溫和的疾病，病人大多沒有特別病徵，與正常人無異。

真性紅血球增多症患者的紅血球數量可以升到很高。但即使如此，病人也甚少有嚴重的症狀。只不過患者的臉可以變得非常紅潤，就像《三國演義》中描述的關羽一樣，因此醫生們都常以「關公臉」去形容這些病人的面相。患者偶爾會有另一個有趣的病徵，就是洗完熱水澡後皮膚痕癢。這可能是因為熱水會刺激肥大細胞（mast cell）釋放出令皮膚痕癢的物質組織胺（histamine）。不過為何這現象在真性紅血球增多症的病人中特別常見，則依然是個未解之謎。

雖說真性紅血球增多症非常溫和，但此病在少數情況下仍是會致命的。

首先，過多的紅血球會令血液的黏度增加，影響血流，增加血管栓塞的機率。中風、心肌梗塞、肺栓塞等血管栓塞疾病都是致命的。為了防止血管栓塞，醫生常會為真性紅血球增多症的病人處方亞士匹靈以抑制血小板的活動，因亞士匹靈可以抑制環氧合酶（cyclooxygenase，簡稱 COX），這種酶可以幫助血小板形成血栓；亦會為他們進行放血治療，把血液的紅血球數量降至更安全的水平。

另外，雖然真性紅血球增多症本身病性溫和，但它有轉化成更嚴重的血液癌症的可能，例如骨髓纖維化（myelofibrosis）或者急性白血病。此時，患者的死亡率就會大大增加。

臉紅的真正原因

經過一番狂想之後，讓我們回歸嚴謹的歷史。其實正史是如何形容關羽的呢？

陳壽所寫《三國志·關羽傳》正史裡只描寫過關羽擁有非常漂亮的鬍子，而並沒有任何有關關羽臉的顏色的描述。難道關羽的紅

臉只是《三國演義》作者羅貫中自己的創作？似乎也不是，《三國演義》寫於明朝，但早在元代的《三國志平話》中就已經有以下的描述：「話說一人，姓關名羽，字雲長，乃平陽蒲州解良人也，生得神眉鳳目，虯髯，面如紫玉，身長九尺二寸。」這裡將關羽形容為「面如紫玉」，也就是臉色紅得發紫，比《三國演義》的描述更加誇張。

其實關羽紅臉的形象似乎在宋元時期已經形成。當時民間的唱劇表演會用彩墨化妝去突出人物形象。關羽是忠心赤膽的代表，自然會配上代表忠義的紅色，這個形象代表了後人對關羽的崇敬和愛戴之情。久而久之，關羽擁有紅臉的形象就深入了民心。民間甚至出現了各式各樣的傳說解釋關羽的紅臉，例如有指他在逃避追捕時把雞血抹在臉上，雞血染紅了臉，之後就再也抹不掉。有另一個民間傳說指關羽不是凡人，而是由天上的龍王轉世而來的。龍王受到天庭的懲處而被斬殺，轉世為關公時就從那時龍王的血水中出現，所以臉呈紅色。這些民間傳說當然是虛構的。不過羅貫中創作《三國演義》時亦受到民間文化的影響，所以把關羽形容為「面如重棗」和「赤面長鬚」。

史丹福猜想，關羽很有可能只擁有一個普通亞洲人的膚色。不過民間不同的群體長時間地加入不同的想像，最後關羽的形象就變成了現在的紅臉，甚至連醫生們也受到影響，把真性紅血球增多症患者的面相形容為「關公臉」。

傻到留下耳朵
給情人做裝飾的怪客

　　嘉布麗葉（Gabrielle Berlatier）是一名於妓院工作的女僕，她在風月場所中認識到畫家梵高（Vincent van Gogh）。梵高當時只是一個懷才不遇、貧窮潦倒的畫家。有一天，梵高送了一份禮物給嘉布麗葉，還請她好好保管著它。嘉布麗葉定神一看，發現禮物竟然是梵高自己割下的左耳！嘉布麗葉嚇得花容失色，差點昏死過去。這事件成為了藝術史上最廣為人知也是最引人入勝的故事。

　　梵高在今天是一位無人不曉的畫家，但其實他年輕時曾想過當傳教士。他的弟弟西奧（Theodorus "Theo" van Gogh）看到了梵高的藝術天分，並鼓勵他去學習繪畫的基礎知識。可惜他的作品並未獲得當時人們的欣賞，令他鬱鬱不得志。

　　在割下耳朵後，梵高的精神狀態非常不穩定，更多次進出精神病院。不過他絕大部分最名流千古的畫作，例如《星夜》等都是在他精神出現問題之後所創作的。

1890 年 7 月 27 日，他在法國的北部小鎮奧維爾（Auvers）的麥田裡對著自己的胸部開槍自殺，並於兩天後離世，結束了自己傳奇的一生。他死時只有 37 歲。

至於梵高為甚麼要割耳自殘呢？原因眾說紛紜，最普遍的說法是梵高與他的畫家好友高更（Paul Gauguin）吵架，因而令情緒激動而致。另一個說法是梵高得知自己的弟弟將要結婚，他怕會因此而影響二人親密的關係，所以自殘。

另外，不少醫學專家都提出不同的醫學理論去解釋梵高精神失常的原因，最常見的說法包括躁鬱症（bipolar disorder）、精神分裂症（schizophrenia）及腦癇症（epilepsy）等。亦有一個說法指梵高喜歡飲用苦艾酒（absinthe），這種烈酒容易影響心智，並對梵高的精神狀態造成不良的影響。

梵高的奇怪飲食習慣

美國石溪大學（Stony Brook University）醫學院的醫生偉斯曼（Edward Weissman）也曾經在《醫學傳記期刊》（*Journal of Medical Biography*）中發文分析梵高的健康狀況，並提出梵高精神失常的原因也許比我們想像中更匪夷所思。

　　偉斯曼首先分析了梵高的營養情況。他相信梵高應該有營養不良的問題。梵高在信件中談及自己沒有足夠的金錢去買食物給自己，並表示他後悔選擇了當畫家，令自己財政拮据。他甚至在信中懇求弟弟西奧提供更多經濟援助給他，又為自己的作品售不出去表示歉意。因此，基於他的財政困難，梵高主要都是吃麵包來果腹，相信這影響了他的營養。

　　梵高有疲倦、虛弱、頭暈、蒼白等症狀。梵高割去自己的耳朵後，負責診治梵高的醫生雷伊（Felix Rey）就曾告訴梵高他有貧血。偉斯曼在文章中提出，梵高可能因為飲食問題而缺少鐵質，因而患上缺鐵性貧血（iron deficiency anaemia）。鐵質是合成血紅蛋白（haemoglobin）的重要物質，而血紅蛋白則負責幫助紅血球把氧氣運送到身體各部分。缺少鐵質會影響血紅蛋白的合成，引起貧血。

　　人類需要從飲食中吸取鐵質。紅肉和動物肝臟都是含有豐富鐵質的食物。某些植物，例如豆類亦含有鐵質。不過一般來說，肉類所含的血基質鐵（haem iron）比植物中所含的非血基質鐵更易被人體吸收。當時，肉類是很奢侈的食物，梵高自然難以享用。更不幸的是，梵高常吃麵包，但小麥含有植酸（phytate），它會螯合（chelate）鐵質，阻礙人體吸收鐵。這個飲食習慣可能導致了梵高的缺鐵性貧血。

　　順帶一提，現代人的飲食營養充足，所以絕大部分成年人的缺鐵性貧血都與營養無關，而是由於長期失血，令鐵質流失所引發。長期失血包括經血過多及慢性腸胃出血等。

　　偉斯曼又再翻查文獻，發現梵高有奇怪的飲食習慣，他會吃泥土、油漆及煤油等物質。在現代醫學中，這個現象被稱為異食症（pica）。顧名思義，異食症患者會長期進食非食物的物質，如泥土、肥皂等。大家可能會覺得異食症必定是由精神疾病所引起，但事實並非如此。現代的不少案例報告都顯示異食症與缺鐵性貧血相關，很多異食症患者同時患有缺鐵性貧血，而患者在補充鐵質後，異食症症狀亦會自行消失。醫學界暫時仍未確實了解缺鐵性貧血為何與異食症有關，不過其中一個可能的解釋是缺鐵性貧血令患者非常不適，而他們進食的某些異物，如泥土可能含有豐富的礦物質，患者進食過後缺鐵性貧血的症狀得以改善，所以心理上不受控制地渴望進食這些異物。假如梵高真的患有缺鐵性貧血，那麼他的異食症症狀就與現代醫學的認知相吻合。

異食症的後果

　　進食異物當然對人體有害無益，例如梵高進食的泥土、油漆及煤油都有一個共同的特徵，就是它們都含有鉛。

鉛可以影響身體各個器官，其中以神經系統的影響最大。慢性鉛中毒的症狀包括腹痛、頭痛、焦躁、手腳麻痺、智能障礙及記憶力衰退等。

除了神經系統之外，鉛亦能引起貧血。因為鉛會影響血基質（haem）的合成，這會影響血紅蛋白，導致貧血。在顯微鏡下，鉛中毒的患者的紅血球會出現一種名為嗜鹼性斑點（basophilic stippling）的特別現象（圖 1.3.1）。嗜鹼性斑點是指紅血球上有細小的紫藍色小點均勻地散布在紅血球的細胞質中。那些小點其實是聚集的核糖核酸（ribonucleic acid，簡稱 RNA）。原來鉛會影響一種負責核酸代謝的酶——嘧啶 5' - 核苷酸酶（pyrimidine 5'-nucleotidase）——令核糖核酸積聚在紅血球的細胞質中，造成嗜鹼性斑點的現象。

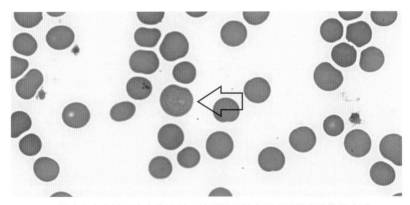

圖 1.3.1　鉛中毒患者的周邊血液抹片，箭頭標示著出現嗜鹼性斑點的紅血球

梵高在 1888 年畫給西奧的自畫像中皮膚顯得非常蒼白,而蒼白正正是貧血的重要症狀。

隨著鉛在身體積累,梵高的慢性神經症狀越來越嚴重。有指他連畫筆都拿不穩,筆幾乎會從他手中掉下。這可能就是鉛中毒而引起的周邊神經病變——橈神經麻痺(radial palsy)的病徵。橈神經(radial nerve)是上肢的重要神經,橈神經麻痺會影響手掌及手指伸展功能,引起手指下垂及腕垂。梵高晚期的作品出現潦草的筆觸及其他的瑕疵,這也可能反映了梵高的手眼協調能力變差。

另一個有趣的現象是梵高的很多畫作中都有光圈的出現,最深入民心的例子包括《星夜》與《夜間咖啡店》。這當然可以是繪畫技巧的一種。不過偉斯曼在文章中就把光圈歸咎為梵高的視覺問題。他認為梵高長期攝取鉛,可以加速白內障的形成。另一方面,鉛也可以引起視神經萎縮(optic atrophy)。以上的情況都會令到梵高看東西時出現影像模糊,看不清物件的輪廓。梵高有可能把這些視覺的缺陷都畫進畫作內,並成了他晚期作品的特別風格。

除了慢性的神經症狀外,鉛中毒也可以引發急性的腦病變,症狀包括幻覺及意識障礙。梵高曾經出現過多次精神紊亂的情況,但大多只維持一段短時間。只要在精神病院中療養數星期就會回復正常,這與典型的精神分裂症並不吻合。偉斯曼推測梵高的精神紊亂

是鉛中毒引起的急性腦病變所產生，梵高在精神病院中較少接觸到含鉛的物質，所以當體內的鉛含量慢慢降低，他的精神狀況就有所改善。

那鉛中毒又會否是梵高最終自殺的原因呢？我們很難判斷兩者間的關係，始終梵高自殺所牽涉的因素很多，除了生理上的問題外，亦有可能牽涉到其他心理上與社會上的原因。不過醫學期刊的確有報告過鉛中毒相關的自殺案例，例如《美國法醫醫學及病理學期刊》(*American Journal of Forensic Medicine and Pathology*) 就報告了一名健康男士因長時間接觸鉛，結果引起思覺失調及腎病，患者最終自殺的案例。

色彩鮮暖全是自發？

梵高的健康狀況吸引了很多學者的討論。除了偉斯曼提出的缺鐵性貧血及鉛中毒理論，亦有其他學者提出理論去解釋他偏好在作品中使用黃色的原因。眾所周知，梵高喜愛使用黃色。他的名作《向日葵》就是一幅充滿黃色的作品。香港的著名填詞人林夕就曾在王菀之主唱的歌曲《畫意》的歌詞中以「色彩鮮暖全是自發」來形容梵高。

不過，醫學界就流傳一個理論，認為梵高對黃色的喜愛並不是「自發」，而是與其健康狀況有關。雖然梵高當年的醫療紀錄已經遺失，但學界普遍相信梵高曾因癲癇而服用毛地黃（foxglove）作治療。毛地黃在當年常用於治療癲癇，它的主要活性成分是毛地黃素（digoxin）。但毛地黃素毒性很強，它的副作用包括頭暈、噁心、心跳過慢、影響視力、高血鉀等。而毛地黃素還有一個奇怪的副作用，就是令膽紅素（bilirubin）積聚在眼睛中。膽紅素是一種橙黃色的色素，積存在眼睛中會令視覺變黃。有鑑於此，有學者就懷疑梵高因服用毛地黃素令視覺變黃，所以作品偏向黃色。

不過，此理論亦有其不足之處。

德米爾（Doğaç Demir）及戈爾基（Şçefik Görkey）兩位學者曾於 2018 年在《眼睛》（*Eye*）期刊中發表文章，反駁這個在學界流傳已久的理論。

首先，梵高的毛地黃很有可能由其主診醫生嘉舍（Paul Gachet）所處方。但梵高只接受了兩個月的治療，研究顯示服用兩個月毛地黃素並未足以引起視覺變黃。

第二，嘉舍醫生很熟悉毛地黃的藥性，他甚至寫了一篇科學論文去討論毛地黃的劑量。因此，我們可以推斷出嘉舍醫生應該會很小心地為梵高調校藥物劑量。梵高有毛地黃素過量的機率應該較低。

而最後，梵高的整個藝術生涯都愛用黃色，就算在沒有服用毛地黃的日子都一樣。

根據以上幾個原因，梵高因服用毛地黃素令視覺變黃的機率不高。說到底，他的色彩鮮暖也許真的全是自發。

1.4
羅斯福夫人
的骨髓

史丹福曾經在舊作《血案2之血證如山》中介紹過美國史上最不受歡迎的第一夫人——林肯夫人，今次我們不妨走到光譜的另一端，談談美國史上其中一位聲望最高的第一夫人——羅斯福夫人愛蓮娜（Eleanor Roosevelt）。

世界第一夫人

愛蓮娜是美國總統羅斯福（Franklin D. Roosevelt）的妻子。羅斯福本身就是位非常傑出的總統，但羅斯福夫人並不只是單純地活於羅斯福的影子下，她以自己的能力在政壇及公益界中發光發亮，創出自己的一片天空。

羅斯福是歷來在任時間最長的美國總統，經歷了四個總統任期，其夫人愛蓮娜自然地也成為了美國在任時間最長的第一夫人。在羅斯福在位期間，羅斯福夫人常陪伴或代表丈夫出席各種重要的外交與政治場合。在第二次世界大戰期間，她也走到各州勞軍，提

振士氣。她關心小眾權益,並提出女性、非裔美國人以及工人皆應享有相同的權利。她經常親身參與各種勞工會議,亦很積極參與婦女勞工聯盟的活動。

羅斯福夫人創下了很多個第一夫人的「第一」。她是首位為報章撰寫評論專欄的第一夫人,她的〈我的一天〉(*My Day*)專欄深受美國人歡迎。她又是首位舉辦例行記者會的第一夫人。1940 年,她更成為了第一個對國會發表講話的第一夫人。

羅斯福總統於 1945 年 4 月 12 日離世,羅斯福夫人再也不是第一夫人了。羅斯福夫人從第一夫人離任後,卻繼續活躍於政壇,其貢獻比起第一夫人時期,可以說是有過之而無不及。

羅斯福夫人於 1946 年成為美國首任駐聯合國代表,並出任聯合國人權委員會的首任主席。在位期間,她積極推動制定《世界人權宣言》。1948 年,聯合國在羅斯福夫人的推動下發布《世界人權宣言》。《世界人權宣言》除了確立了生命權及禁止奴隸制和酷刑等基本原則外,更提及到思想、良心、宗教、主張和發表意見、和平集會和結社、通過媒體接收和傳遞信息及想法的自由,並把這些權利界定為人權。可惜宣言發布近 80 年後,這些天賦人權在很多國家都仍然未能實現。雖然羅斯福夫人的願景仍未實現,然而她為人權運動定下了基礎,其貢獻依然非常值得我們尊敬與欣賞。前任美

國總統杜魯門（Harry Truman）在讚揚她的人權成就時稱她不僅是美國第一夫人，更是「世界第一夫人」。

空空如也的骨髓

1960 年，羅斯福夫人一如既往地為貧苦大眾爭取權益，她到訪了不同的美國內陸城市，探訪得不到適當醫療的貧苦病人。就在此時，她開始覺得自己的體力不濟，很容易疲倦。她最初以為只是因為自己年紀漸老，所以體力才有所衰退。但由於這些症狀嚴重地影響了她的工作，因此她最終求醫。醫生發現她出現貧血。貧血即是指血液內的血紅蛋白（haemoglobin）濃度太低。血紅蛋白負責運送氧氣，因此羅斯福夫人的貧血影響到血液運送氧氣的能力，令身體的組織未能獲得足夠的氧氣去工作，所以她便出現嚴重疲倦的症狀。當時醫生未知道她貧血的原因，只是為她進行了輸血。輸血可以補充羅斯福夫人血液內的紅血球，令血紅蛋白濃度回升，回復血液運送氧氣的能力。

雖然羅斯福夫人接受了好幾次輸血，但是她貧血的情況持續惡化，而且她的白血球及血小板數量亦開始下降。1962 年，醫生為羅斯福夫人進行了骨髓檢查，診斷她患上了再生障礙性貧血（aplastic anaemia）。

再生障礙性貧血是一種因骨髓裡的造血細胞減少而引起的血液疾病。大家可以把骨髓想像成一間大工廠，負責製造血液細胞，而骨髓的造血細胞就是工廠內的工人，再生障礙性貧血就是工廠工人突然失蹤、人數變少而引起的疾病。由於血液細胞減少，病人因此會有貧血、流血及容易感染等的症狀。

下面兩張圖可以令大家更了解到再生障礙性貧血的特性。這兩張骨髓環鑽活檢片分別來自一個正常人（圖1.4.1）與一個再生障礙性貧血患者（圖1.4.2）。大家可以比較以下兩張圖片。即使完全沒有受過醫學訓練的朋友，相信都可以發現再生障礙性貧血患者骨髓中的細胞數量明顯地大幅下降，甚至可以說是空空如也。

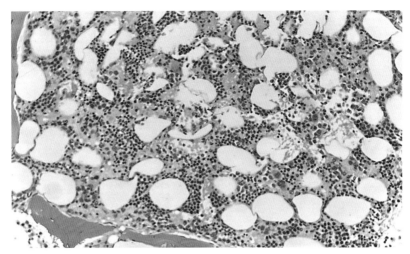

圖 1.4.1 正常人的骨髓環鑽活檢片

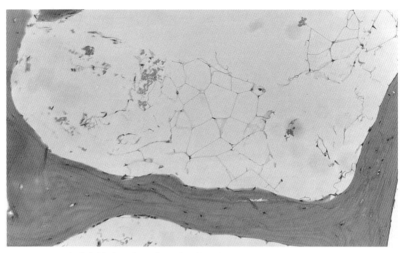

圖 1.4.2　再生障礙性貧血患者的骨髓環鑽活檢片

　　骨髓裡的造血細胞為何會無緣無故地失蹤呢？醫學界相信大部分的再生障礙性貧血都與自身免疫現象有關，也就是說病人的免疫系統出現混亂，錯誤地把骨髓裡的造血細胞認作外來入侵者，並對它們發起攻擊，導致細胞數量下降。

　　在羅斯福夫人的年代，可以選用的療法並不多。除了輸血之外，就只有使用類固醇（steroid）這種免疫力抑制藥物。到了今天，再生障礙性貧血的治療方案當然有所進步，治療方案包括更有效的免疫力抑制藥物環磷酰胺（cyclophosphamide）及抗胸腺球蛋白（anti-thymocyte globulin，簡稱 ATG），與刺激骨髓幹

細胞生長的艾曲泊帕（eltrombopag）。而較年輕的患者亦可考慮異體骨髓移植的方案。

致命的副作用

在羅斯福夫人被診斷患上再生障礙性貧血後，醫生在 1962 年的初夏開始為她處方類固醇。

類固醇是一種很特別的藥物。在醫生的心目中，它既是天使，又是魔鬼。一來，類固醇的用途包羅萬有，可以用來治療大量疾病。從哮喘、牛皮癬，到系統性紅斑狼瘡症、淋巴瘤，甚至是重症 2019 冠狀病毒病，都可以用到類固醇來治療。但另一方面，長時間服用高劑量的類固醇卻可引起大量可怕的副作用，例如水腫、臉上積聚脂肪（俗稱「滿月臉」）、高血壓、高血糖、青光眼、白內障、骨枯等。不過最令人擔心的始終是其增加感染的風險。由於類固醇使用者的免疫力受到抑制，他們有可能出現一些免疫力健全人士很少出現的古怪感染，我們稱之為「機會性感染」（opportunistic infection）。

服用類固醇後，羅斯福夫人的貧血症狀果然有所改善。1962 年 8 月，羅斯福夫人覺得自己的精神已經回復，可以重新出席公務活動。她去了加拿大的坎波貝洛島（Campobello Island），羅斯福總

統夏季別墅的所在地。在該處,一條新的大橋剛剛落成,把坎波貝洛島與美國緬因州國道 189 連接起來。羅斯福夫人見證了新大橋的落成。在羅斯福夫人的協助下,該大橋被命名為富蘭克林・德拉諾・羅斯福大橋(Franklin Delano Roosevelt Bridge),以紀念她已故的丈夫羅斯福總統。

不幸的是,羅斯福夫人的病情於同年 9 月再次轉差。她因為發燒、流夜汗、乾咳而入院。到底為何如此呢?

醫生翻查病歷,發現羅斯福夫人於 1919 年她 35 歲的時候曾經患過胸膜炎,當年的醫生並沒有找出胸膜炎的成因。然而結核病(tuberculosis)是胸膜炎的常見成因,因此醫生懷疑她因為再生障礙性貧血而導致免疫力下降,而高劑量類固醇進一步抑制了她的免疫系統,令潛伏的結核病復發。

結核病俗稱「癆病」,由結核分枝桿菌(*Mycobacterium tuberculosis*)引起。結核菌雖然毒性不強,生長緩慢,但卻非常頑強,對酸性、鹼性、氧化物、補體(complement)及對大部分抗生素都是免疫的。即使被巨噬細胞(macrophage)所吞噬,巨噬細胞的溶小體(lysosome)都無法把它消化。巨噬細胞「消化不良」,最後引起第四型過敏反應(type IV hypersensitivity),慢性發炎反應慢慢地破壞了身體組織。

檔案一
紅血球疾病

　　有見及此，醫生為她進行了結核菌的培養檢查，並為她處方了鏈黴素（streptomycin）與異煙肼（isoniazid）兩種抗結核的抗生素藥物。可惜，她的症狀依然持續惡化。羅斯福夫人知道自己命不久矣，但她不想死在醫院。她不理會醫生意見而於 10 月自行出院，並回到自己位於紐約的家休養。她最終於 11 月 4 日離世，享年 78 歲。

　　其後，病理科醫生為羅斯福夫人進行了解剖檢查，結果發現她的肺臟、肝臟與腎臟都有被結核菌感染的跡象，進一步引證了醫生的猜想，確定羅斯福夫人是死於再生障礙性貧血及使用類固醇而併發的瀰漫性結核病。

　　羅斯福夫人雖然離開了人世，但是她依然是美國人最愛戴的第一夫人，她的獨立、勤勉和大愛將會長存在美國人的心裡。

　　在羅斯福夫人離世後，普立茲獎（Pulitzer Prize）得獎者、詩人及劇作家麥克利斯（Archibald MacLeish）就在《紐約時報雜誌》（*New York Times Magazine*）中以下面這一段優美的文字去概括她的貢獻：

　　死亡並不一定能自動確認一個人的名譽。相反，它常常會喚起看似被生命所掩蓋的問題，並在其諷刺的沉默中溶解堅不可摧的名聲。一個偉大的名字很少會在其主人離開後變得更加偉大。不過毫無疑問，愛蓮娜·羅斯福的名字就是如此。

檔案一

紅血球疾病

血案 3

血液癌症

2.1
鶼鰈情深的
戈爾巴喬夫夫婦

戈爾巴喬夫（Mikhail Gorbachev）是一位甚具爭議性的前蘇聯政治家。

他是蘇聯共產黨中央委員會總書記，自1985年上任後，推行了一系列的改革，包括政治民主化和經濟自由化。他崇尚普世價值，結束了蘇聯共產黨的專制統治，令民眾獲得了民主、法治和自由，並使東歐國家得以自主發展。他又致力改善蘇聯和西方國家的關係，結束了美蘇冷戰。1990年，戈爾巴喬夫更獲得了諾貝爾和平獎。因此，西方與東歐國家對戈爾巴喬夫的評價普遍甚高。但俄羅斯人對戈爾巴喬夫的評價卻很差，並認為他的政策間接導致了蘇聯的解體。

不過我們這次的主角並不是戈爾巴喬夫，而是他的妻子賴莎（Raisa Gorbachyova）。賴莎與戈爾巴喬夫於大學時期相識，二人畢業後結婚。賴莎本來任職大學講師，當戈爾巴喬夫成了總書記後，賴莎辭去了教職，並擔任丈夫的幕後顧問。

　　蘇聯領袖的妻子一向很少公開露面，但賴莎卻是蘇聯首位面向公眾的第一夫人。賴莎本身是位大學講師，自然有著出色的演說及公關技巧。她經常與戈爾巴喬夫一同出席公開場合，到世界各地訪問，建立了突出的個人形象，也改變了蘇聯女性的地位。

　　蘇聯解體後，戈爾巴喬夫與賴莎搬到莫斯科以西的一間簡樸的鄉村小屋中生活。二人從民眾的目光中淡出，過著相對簡單的生活。除此之外，西方國家不時邀請戈爾巴喬夫演講，賴莎亦隨同丈夫一起四處遊覽。

　　1999 年，不幸的命運降臨在賴莎身上。她被診斷出患上急性骨髓性白血病（acute myeloid leukaemia，簡稱 AML）。我們不知道她患病的詳細情況，不過她很有可能有疲倦、流血、容易感染等病徵。

淺談急性骨髓性白血病

　　急性骨髓性白血病是急性白血病（acute leukaemia）的一種。顧名思義，急性白血病是一種病情急速發展的白血病。假如沒有適當的治療，大部分患者都會在短時間內死亡。

　　大家可以先把骨髓想像成一個城市。住在城市裡的人有老有嫩，但最主要為城市付出的應該都是具工作能力的成年人。試想想，如果沒有工作能力的嬰兒佔了一個城市人口的大比數，這個城市就自然無法運作。同樣道理，骨髓中有很多造血細胞，有些比較成熟，有些比較幼嫩。如果骨髓中大部分都是不成熟的細胞，骨髓就會無法正常運作。

　　母細胞（blast cell）是一種血液細胞的先驅，就像是沒有工作能力的嬰兒。在健康的骨髓中，母細胞會發展為成熟的血液細胞。但急性白血病患者的母細胞會不受控制地生長，而且不能發展為成熟的血液細胞。因此患者的骨髓充斥著母細胞，令骨髓失去工作能力。病人就會因此貧血而虛弱疲倦，亦由於體內不夠血小板而容易流血，甚至因為缺乏成熟白血球而免疫力下降，容易受到感染。

　　在傳統的病理學分類上，急性白血病是指血液或者骨髓中有超過20%的帶核血液細胞屬於母細胞的情況。不過，近年又出現了新的分類系統，把染色體及分子遺傳學上的變化都納入急性白血病的診斷準則中。現時，急性白血病可以細分為賴莎患上的急性骨髓性白血病，以及急性淋巴性白血病（acute lymphoblastic leukaemia，簡稱 ALL）。急性骨髓性白血病患者的異常母細胞屬於骨髓母細胞（myeloblast），是骨髓性細胞（myeloid

cell）的先驅細胞；急性淋巴性白血病患者的異常母細胞則屬於淋巴母細胞（lymphoblast），是淋巴性細胞（lymphoid cell）的先驅細胞。兩種疾病有不同的性質，包括不同的預後（prognosis）及治療方法。血液學醫生會在化驗室使用顯微鏡，以形態分析（morphological assessment）、細胞化學染色（cytochemistry）、流式細胞術（flow cytometry）、細胞遺傳學（cytogenetics）及分子遺傳學（molecular genetics）等技術檢查病人的血液及骨髓樣本，以作出適當的診斷。

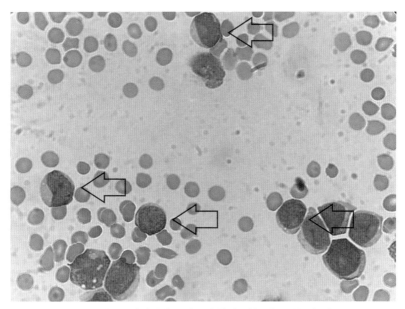

圖 2.1.1　急性骨髓性白血病患者的周邊血液抹片，箭頭標示著母細胞

檔案二
血液癌症

賴莎的最後日子

正所謂「福無重至，禍不單行」，當時治療急性骨髓性白血病的費用非常高昂，每個療程的費用高達 15 萬至 20 萬美元，但戈爾巴喬夫夫婦在 1998 年俄羅斯金融危機中失去了大部分資產。據說戈爾巴喬夫把僅有的儲蓄都存在同一家銀行，銀行卻在金融危機中倒閉，令他血本無歸。戈爾巴喬夫面臨沉重的財政壓力，並需要四出籌錢去為妻子醫病。他甚至需要拍攝廣告及影視作品來賺取外快。

不過賴莎卻沒有怨天尤人，而是選擇積極面對疾病。患病令她重新獲得公眾關注，而她利用自己的知名度，透過傳媒的力量籌款興建兒童白血病醫院，幫助患上血液癌症的小童。

戈爾巴喬夫最終帶賴莎前往德國明斯特的明斯特大學（University of Münster）附屬醫院接受治療。她的主診醫生是德國首屈一指的血液學專家比希納（Thomas Büchner）。比希納是治療急性骨髓性白血病的權威，他曾經參與過相關的重要研究。另外，熟悉血液學的朋友可能都會聽過名字為歐洲白血病網絡（European LeukemiaNet，簡稱 ELN）的組織。這個組織發布過不少有關治療白血病的重要臨床指引，而比希納就是其中一位最早推動創立 ELN 的人。

在德國，戈爾巴喬夫親自在醫院陪伴賴莎，又在她入住的醫院附近租了好幾個房間供他自己、他的女兒及外孫女居住。

由於戈爾巴喬夫在位時對東德採取開放的政策，令東西德得以統一，所以德國人普遍都對戈爾巴喬夫夫婦很有好感，甚至視他們為恩人。德國前總理科爾（Helmut Kohl）對戈爾巴喬夫夫婦表示慰問，當時的在任總理施羅德（Gerhard Schröder）甚至親自到醫院探望他們。醫院的門前也堆滿了德國人贈送給賴莎的鮮花及禮物。

賴莎接受了化療，可惜治癌的效用不大，賴莎的病情急轉直下。醫療團隊決定以骨髓移植的方法作最後的嘗試。賴莎的妹妹被選為骨髓捐贈者，她立即從俄羅斯趕到德國。可惜賴莎無法等到接受骨髓移植治療。根據戈爾巴喬夫所說：「我外出了一會兒，午飯後，我回到病房，她已經不行了，只是心臟還在微弱地跳動。」

結果，最頂尖的醫生與最先進的醫療技術都未能改寫賴莎的命運。賴莎最終在 1999 年 9 月 20 日於明斯特大學附屬醫院病逝，終年 67 歲。當時的俄羅斯總統葉利欽（Boris Yeltsin）立即派遣政府專機接載她的遺體返國，並舉行公祭。其後靈柩移送往莫斯科的新聖母公墓安葬。

檔案二

血液癌症

　　賴莎的離世令戈爾巴喬夫失去了最後的精神寄託，他一直都無法在沉重的痛苦中解脫。在妻子死後，他說：「我一生中從未感覺到如此孤獨，我希望我們能再相見。」之後，戈爾巴喬夫一直都把她的房間保持著原有的模樣去紀念她。他曾經在接受訪問時說過：「我最愛的是賴莎，第二才是政治。」他又指自己一生中最幸福的時刻是與妻子相遇，共同生活了46年。在妻子過世後，活著與死亡對他來說已經無分別了。

　　戈爾巴喬夫於2022年8月30日因病離世，終年91歲。他被安葬於賴莎的墓旁，二人以另一種方式再次相聚。

假如賴莎活在今天

　　1999年時，德國最頂尖的血液學專家比希納都未能救活賴莎。假如賴莎活在醫療技術日新月異的今天，醫生又有甚麼新療法可以幫助她呢？

　　傳統上，治療急性骨髓性白血病都是依靠化療藥物及異體骨髓移植。不過，近年新興的標靶藥物徹底顛覆了急性骨髓性白血病的治療。讓史丹福在此簡單地介紹幾種重要的新藥物。

　　首先要介紹的是維奈克拉（venetoclax）。維奈克拉並非傳統的化療藥物，而是一種抑制 BCL-2 的小分子標靶藥物。一般來說，細胞都有機制讓它們可以在合適的時間「自殺」，這個自殺現象叫做細胞凋亡（apoptosis）。BCL-2 則可以抑制細胞凋亡，也就是說它是一個「反自殺」的分子。血液癌症的癌細胞經常都有 BCL-2 過度表達（即太多 BCL-2）的情況，令癌細胞不懂得在合適的時間「自殺」。它們會失控地生長，過度增殖，導致癌症的出現。維奈克拉抑制了 BCL-2，就可以重新喚醒癌細胞的「自殺」機制，令它們可以自然地死亡。現時，醫生一般會把維奈克拉聯同去甲基化藥物（hypomethylating agent）或低劑量的化療藥物阿糖胞苷（cytarabine）一同使用，以治療年長及不適合使用猛烈化療治療的急性骨髓性白血病患者。研究顯示這個藥物組合可以令患者的總生存期（overall survival）延長及緩解率（remission rate）提升。

　　除此之外，現時又出現了不少針對 AML 的特定基因突變的標靶藥物。其中最重要的大概是米哚妥林（midostaurin）及奎扎替尼（quizartinib）等的 FLT3 抑制劑。有近 30% 的急性骨髓性白血病個案都有 *FLT3* 內部串連重複（internal tandem duplication，簡稱 ITD）的突變。*FLT3* 這個基因負責合成一種酪氨酸激酶受體（tyrosine kinase receptor），*FLT3*-ITD 會增強激活酪氨酸激酶的活性，導致細胞增殖失調。具有這種基因突變

的急性骨髓性白血病患者的預後會較差，而且對化療的反應不佳，復發的機率也較高。近年出現的 FLT3 抑制劑標靶藥物可以抑制 *FLT3* 基因，從而抑制癌細胞的生長。臨床研究已經證實，化療聯合 FLT3 抑制劑米哚妥林可以有效延長 *FLT3*-ITD 急性骨髓性白血病患者的總生存期及無事件生存期（event-free survival）。

　　另一類用於治療急性骨髓性白血病的新型藥物是異檸檬酸脫氫酶（*isocitrate dehydrogenase*，簡稱 IDH）抑制劑。IDH 酶又分為 IDH1 與 IDH2 兩種。這些酶控制了人體中重要的生化路徑，例如克氏循環（Krebs cycle，又稱 tricarboxylic acid cycle，中文名稱為檸檬酸循環）。大家在高中生物科或者大學生物化學科中可能都接觸過這些令人頭昏腦脹的化學路徑。它們雖然艱深難記，廣受生化學生的厭惡，但這些基本生物化學知識在臨床醫學上卻有其應用價值。科學家發現約有 20% 的急性骨髓性白血病患者有 *IDH* 基因突變，並會製造出異常的 IDH 酶。這種酶會合成出一種叫 2- 羥基戊二酸（2-hydroxyglutarate，簡稱 2-HG）的致癌有毒物質。而 IDH 抑制劑正正可以減少癌細胞製造出這種致癌有毒物質，治療癌症。現時獲得美國食品及藥物管理局批准用來治療急性骨髓性白血病患者的 IDH 抑制劑有兩種，分別是恩西地平（enasidenib）及艾伏尼布（ivosidenib），它們分別抑制 IDH2

與 IDH1 兩種酶。兩者對難治或復發的急性骨髓性白血病效果理想，相信它們將來會在治療這種疾病中佔有很重要的地位。

總括而言，醫療發展一日千里。假如賴莎活在今天，她將會有更多的治療選擇，更說不定可以治好急性骨髓性白血病這個可怕的疾病。

貝盧斯科尼的
慢性白血病

有留意國際政壇的朋友肯定不會對貝盧斯科尼（Silvio Berlusconi）這位意大利前總理感到陌生。貝盧斯科尼大概是意大利近二十年來最具話題性的政治人物。

2023 年 4 月，貝盧斯科尼因為呼吸困難而送往米蘭聖拉斐爾醫院（San Raffaele Hospital）的深切治療部。根據報道，貝盧斯科尼罹患了一種頗為罕見的白血病——慢性骨髓性單核球性白血病（chronic myelomonocytic leukaemia，簡稱 CMML）。貝盧斯科尼已經患上此病一段時間，但當時病情仍屬慢性的階段，也就是說尚未演化成急性白血病。

慢性骨髓性單核球性白血病是一種罕見的白血病，大眾對它的認識應該不深。究竟這是一種怎樣的疾病？

貝盧斯科尼的政治生涯

不過在史丹福介紹慢性骨髓性單核球性白血病之前，也許我們也應該先回顧一下貝盧斯科尼的生平。

貝盧斯科尼生於 1936 年。在從政之前，他已經是位相當成功的商人。他透過投資商業電視台而成了億萬傳媒大亨。他又在 1986 年收購了 AC 米蘭足球會並成為主席，AC 米蘭在他的領導下曾經取得非常卓越的成績。

1994 年，貝盧斯科尼開始投身政治，並在同年首次出任意大利總理。他在其政治生涯中共三度擔任意大利總理，也是執政時間最長的意大利總理。即使後來離任，他仍在意大利政壇中有很大的影響力，並主宰著意大利政局的發展。

貝盧斯科尼在政治上非常成功，但他的私生活卻非常混亂，因而備受批評。例如他曾被揭發舉辦性愛派對，又曾被指控與未成年妓女有性交易，以及欺詐及逃稅問題。

貝盧斯科尼也因政治失態而著稱，經常失言。他曾稱美國的非裔前總統奧巴馬「年輕、英俊，而且還被曬黑了」，他以奧巴馬的種族來開玩笑，非常不合適。此番言論一經當地媒體報道，立即引起一片譁然。而他矚目的一次失言事件莫過於在一次公開場合中

對一位下議院女議員說「假如我還未結婚的話,我現在就會立刻娶你」及「我會帶著你浪跡天涯」,這些調情的言論引起他當時妻子(兩人後來離婚)的不滿,她甚至要求貝盧斯科尼在敵對的媒體 *la Repubblica* 新聞報上刊登一封公開的道歉信。

他又曾因為與普京私交甚篤而備受爭議。貝盧斯科尼與普京一直關係友好,在俄烏戰爭爆發後,貝盧斯科尼仍與普京保持私交。他表示自己生日時收到了來自普京的 20 瓶伏特加和一封「甜蜜信件」作為禮物,而他也以葡萄酒與「同樣甜蜜的信件」作為回禮。他亦在烏克蘭問題上失言。他把戰爭的爆發歸咎於烏克蘭總統澤連斯基,言論激起眾怒。他所在的意大利力量黨亦需要急忙澄清在對烏問題上的立場,為事件降溫。

貝盧斯科尼在退任總理後仍活躍於政壇,但健康似乎欠佳,並出現多種健康問題。他曾在 2016 年接受心臟手術,又曾患上前列腺癌。他在 2020 年確診 2019 冠狀病毒病而需留院 11 日,之後傳出多次進出醫院的消息。到了 2023 年 4 月,他又因呼吸困難而需要在醫院的深切治療部留醫,醫生證實貝盧斯科尼患上慢性骨髓性單核球性白血病已有一段時間。

淺談慢性骨髓性單核球性白血病

慢性骨髓性單核球性白血病究竟是一種怎樣的白血病？

白血病的分類相當複雜。即使是醫生，假如沒有受過血液學的專科訓練，相信亦一樣會被各式各樣的白血病名稱搞得頭昏腦脹。但假如我們追本溯源，認真分析名稱的含意，相信亦可以對疾病的特徵有一定理解。

慢性骨髓性單核球性白血病是一種慢性白血病。慢性白血病的症狀較為溫和，甚至完全沒有病徵，病人就算不接受治療也可以存活一段長時間。至於急性白血病則會引起急性症狀，如果不接受治療，病人會在短時間內死亡。在傳統的理解上，慢性白血病與急性白血病的分野在於母細胞（blast cell）的數量。如果母細胞在血液或骨髓中的比率少於20%，疾病就屬於慢性白血病，否則就屬於急性白血病。不過隨著新分類系統出現，兩者的分類方式已加入基因轉變的考慮，而非完全取決於母細胞的數量。

慢性骨髓性單核球性白血病，顧名思義是一種「骨髓性」與「單核球性」的白血病。也就是說，該病中的癌細胞是骨髓性細胞（myeloid cell）及單核球性細胞（monocytic cell）。患者的血液中常有單核球增多（monocytosis）的情況，這是斷症的必

備條件。根據定義,如果患者血液中的單核球(monocyte)沒有增多,疾病就不能歸類為慢性骨髓性單核球性白血病。下圖(圖2.2.1)是慢性骨髓性單核球性白血病患者的周邊血液抹片,大家可以見到單核球的數量明顯增多。

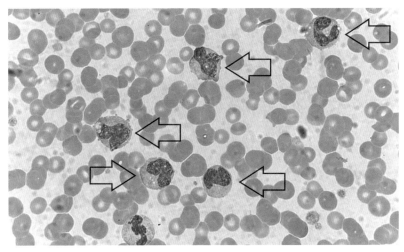

圖 2.2.1 慢性骨髓性單核球性白血病患者的周邊血液抹片,箭頭標示著單核球

在分類上,慢性骨髓性單核球性白血病屬於骨髓異變╱骨髓增殖性腫瘤(myelodysplastic/myeloproliferative neoplasm,簡稱 MDS/MPN)。這些醫學術語看似嚇人,但其實完全是「鱷魚頭老襯底」,樣子嚇人,意思卻相當簡單。「異變」指長得醜,「增殖」指長得多。慢性骨髓性單核球性白血病就是一種令骨髓性細胞

及單核球性細胞生得又多又醜的疾病。一般來說，患者的單核球增多，而骨髓性細胞、巨核細胞（megakaryocyte）或紅血球先驅細胞都有可能變醜（即異變）。這些特徵在骨髓性腫瘤（myeloid neoplasm）來說算是相當獨特，因為大部分的腫瘤都會偏向骨髓異變或骨髓增殖兩者之中的其中一方，而慢性骨髓性單核球性白血病卻兩者並存，可稱得上是骨髓性腫瘤中的異類。

慢性骨髓性單核球性白血病的臨床病徵也可分為「增殖」（細胞變多）及「異變」（細胞變醜）這兩類病徵。如果血液細胞太多，它們會積存在肝臟與脾臟中，造成肝脾腫脹。過多的血液細胞會激發細胞因子，引起發燒、夜間盜汗、體重減輕等全身症狀（constitutional symptom）。另一方面，如果血液細胞太「醜」，這就意味著它們的發育不良，因此紅血球、嗜中性白血球、血小板等正常的血液細胞會減少，病人就會有貧血、感染、流血等問題。

近年，分子遺傳學的技術發展迅速，醫學界對疾病的機制也有了較深的認識。科學家發現疾病的癌細胞中常帶有 ASXL1、TET2、SRSF2 等基因的突變。這些基因在突變前可以負責組蛋白修飾（histone modification）、DNA 甲基化（DNA methylation）及 RNA 剪接（RNA splicing）等功能，它們的突變會影響血液細胞的正常生長，導致血液腫瘤。

不過一般大眾對這些複雜的血液腫瘤分類及分子遺傳學興趣不大。對大眾來說，得知他患病後大家最感興趣的可能是疾病會如何影響貝盧斯科尼、他的存活時間有多長、他有甚麼治療方案，因為貝盧斯科尼在意大利的政壇仍然有很大的影響力，他的健康對歐洲以至全世界的局勢都可以產生影響。

慢性骨髓性單核球性白血病在慢性期時的病情一般較為穩定，但假以時日，疾病可以演化為急性期，患者的死亡率會大大提升。血液學家們透過數學分析，發明了一個名為 CPSS-Mol 的計分系統去判斷病人的預後，並可以預測存活時間有多長。這個計分系統包括了患者是否需要依賴輸血、白血球數量、母細胞數量、細胞遺傳學與分子遺傳學的結果等。我們不知道貝盧斯科尼的這些血液學及遺傳學特徵，因此很難判斷其預後。不過根據貝盧斯科尼的醫生於 2023 年 4 月的解釋，貝盧斯科尼的疾病當時仍處於慢性期，而未有演化成急性期。

至於治療方案，除了輸血等的紓緩性治療外，還有異體骨髓移植及去甲基化藥物（hypomethylating agent）等兩大方案。但貝盧斯科尼當時已年屆 86 歲，已經不適合進行異體骨髓移植這種極為高危的治療，所以相信最主要的治療方案是使用阿扎胞苷（azacitidine）等的去甲基化藥物。去甲基化藥物可以抑制幫助 DNA 甲基化的酶，引起「低甲基化」（hypomethylation）的現象，活化一些對抗癌症的基因，幫助異常細胞回復正常運作。

貝盧斯科尼的離世

經過一段時間的治療後，貝盧斯科尼終於在同年的 5 月 16 日出院。他在出院後接受媒體的訪問，表示自己的身體狀況已經好了很多，只是需要些時間復康。由於在貝盧斯科尼住院期間多次傳出他已死亡的謠言，貝盧斯科尼在受訪時就開玩笑地回應，稱這種流言蜚語說多了就不靈了，也只會為他「延年益壽」。

雖然貝盧斯科尼的身體看似好轉，但他在 6 月 9 日再次入院，之後病情急劇惡化。他最終於 2023 年 6 月 13 日辭世，享年 86 歲。

意大利政府隨即宣布當日為全國哀悼日，並下令全國下半旗三天，以示悼念。不過此舉也引起了很多意大利人的抗議。因為貝盧斯科尼生前醜聞纏身，不少意大利人也不願意為他哀悼。他們發起了抗議活動，並在活動中展示了「我不哀悼」、「這不是我的哀悼日」等的標語。

雖然貝盧斯科尼是位具爭議性的政治人物，但無可否認，他是意大利近代歷史上最有影響力的人物之一。他不僅徹底改變了意大利政治，還顛覆了意大利的商業、傳媒，甚至是體育界。

檔案二
血液癌症

2.3
一代才女的
殞落

　　小說《傲慢與偏見》（*Pride and Prejudice*）中達西先生（Mr. Darcy）與伊利沙伯（Elizabeth Bennet）的愛情故事陪伴著不少少女走過她們情竇初開的歲月。

　　男主角達西先生是位富有的年輕紳士。他出身上流社會，態度傲慢且冷漠，令出身寒微的女主角伊利沙伯對他產生偏見。不過伊利沙伯的氣質與個性卻深深地吸引著達西先生。她融化了達西先生冰冷的外表，並令他展露出自己內裡率真善良的一面。兩人互生愛意，彼此傾慕，最終克服了重重阻礙，成就了一段幸福的婚姻。

　　這部小說出自英國作家珍·奧斯汀（Jane Austen）之手。奧斯汀是位具指標意義的劃時代作家。她一生共寫了六部長篇愛情小說，小說從女性視角出發，探索社會對女性的影響，在當時來說相當獨特。她小說的魅力歷久不衰，有不少都成了經典，至今仍時常被翻拍成影視作品。

　　可惜的是，當她在文壇闖出名堂不久後，就以41歲之齡因病辭世。而奧斯汀的病因未明，不少學者都想找出她所患何病。

抽絲剝繭

醫學技術發展一日千里，新技術大大提升了醫生的診症能力，令醫生可以快速地診斷出複雜的疾病。儘管如此，分析病歷依然是醫生必不可少的技巧。史丹福在學醫之時，不少醫科教授都異口同聲地強調，大部分的醫學個案都只可以單靠病歷與簡單的身體檢查去作出診斷，並不需要用到先進的醫學技術。因此傳統的醫學訓練都很著重訓練醫學生的基本功，要求醫學生以病歷、身體檢查、化驗及造影檢查的次序去分析個案。也就是說，他們在得知檢查結果之前，已經利用病歷分析過個案，對於診斷已經大致上心中有數。

奧斯汀生於18、19世紀，當時當然沒有先進的醫學診斷技術。不過單靠病歷，我們依然可以獲得很多資訊，並足以作出初步的診斷。讓我們先回顧一下奧斯汀的病歷，之後再一起分析。

最能夠讓我們認識奧斯汀的資料是她的信件，當中詳細地記錄了她的個人生活經歷和心路歷程。可惜的是，奧斯汀很多的信件都被她的姐姐卡桑德拉（Cassandra Austen）燒掉了。儘管如此，保存下來的信件依然為我們提供了很多不可多得的資訊。

奧斯汀在1775年出生。她出生的日期比預產期遲，因此是個過期產兒。不過這似乎並沒有影響到她的健康。她在7歲的時候曾經感染過傷寒（typhus），除此之外，她的童年大致健康。奧斯汀

檔案二
血液癌症

在年輕時曾患過一些輕微疾病。例如她在 23 歲之時曾染上結膜炎
（conjunctivitis）。她亦有患上嚴重頭痛與臉痛的病歷，痛得她
需要把臉頰放到墊子上去紓緩痛楚。以現代醫學來說，這很有可能
是三叉神經痛（trigeminal neuralgia）。三叉神經痛雖然惱人，
但基本上不會影響到身體的其他系統，也不會致命。

總的來說，奧斯汀在 1816 年之前都沒有出現過嚴重的健康問
題。

1816 年可以說是奧斯汀健康的轉捩點。1816 年的春天，奧斯
汀開始感到容易疲倦。她自己也留意到自己的身體不妥，於是她特
意去了車特咸（Cheltenham）一趟，希望可以放鬆身心。車特咸
以溫泉聞名，是一個適合休養的小鎮。可惜，奧斯汀的車特咸之旅
並未有為她帶來預期中的效果。奧斯汀在回程之時經過金特伯里
（Kintbury）探望舊朋友福爾斯（Fowles）一家，福爾斯就察覺
到奧斯汀的健康似乎正在轉差。

1816 年 8 月，奧斯汀出現背痛。到了 12 月，她覺得即使步行
去進食晚餐都有困難。1817 年 1 月，她的情況似乎有所好轉，她
在信中表示自己的精力有所回復，痛症也有所改善，只是膝部有些
疼痛。可惜到了 3 月，她的症狀又再惡化，她不時都會發燒，身體
上甚至出現「黑、白，與所有錯的顏色」（black and white and

every wrong colour），她更一度臥病在床。5月，她形容自己晚上發燒，而且虛弱及疲倦，不過她沒有其他疼痛的症狀。幾天之後，她又表示自己的情況有輕微改善，她可以下床，並在家中的不同房子間行走。到了6月及7月，她的情況持續惡化，脈搏漸漸變弱，並且幾乎整天睡著，不能下床。她最終於7月20日過世，死時只有41歲。

總括而言，奧斯汀雖然在1816年春天開始感到不適，不過到了同年8月才出現比較明確的症狀，而她在11個月之後就離開人世。奧斯汀的症狀包括疲倦、背痛、膝痛、皮膚的變化（被她形容為「黑、白，與所有錯的顏色」）、發燒，而且症狀時而轉好，時而轉差。

奧斯汀所身處的年代並未有足夠的醫學知識去診斷出她所患的疾病。直到147年後，著名的英國外科醫生科普（Zachary Cope）才首先嘗試從奧斯汀的病歷中診斷出她所患的病。科普是位急性腹症（acute abdomen，即急性腹痛）的專家，他著有多本學術著作探討急性腹症。他同時也是位醫學歷史的專家。1964年，他在《英國醫學期刊》（*British Medical Journal*）中發文討論奧斯汀所患的疾病。科普認為奧斯汀所患的是愛迪生氏病（Addison's disease）。

檔案二
血液癌症

愛迪生氏病是一種內分泌疾病，成因是腎上腺（adrenal gland）無法製造足夠的皮質醇（cortisol）。在奧斯汀的年代，愛迪生氏病大多由結核菌所引起。結核菌的正式學名是結核分枝桿菌（*Mycobacterium tuberculosis*），它可以引起結核病。結核病在當年是一種非常常見的傳染病。眾所周知，結核菌最常感染肺部，引起俗稱「肺癆」的肺結核。但其實結核菌不但可以感染肺部，更可以感染其他不同的身體器官，其中包括腎上腺。腎上腺是一個內分泌器官，負責製造包括皮質醇在內的多種賀爾蒙。當腎上腺被結核菌破壞，病人就無法製造足夠的皮質醇。

大家可能都聽過皮質醇是一種「壓力賀爾蒙」，負責在身體受到壓力時引起適當的生理反應，例如提高血壓及血糖水平等。愛迪生氏病患者的皮質醇不足夠，就會出現精神不濟、疲憊、食慾減低、低血壓及腹痛等的症狀。另外，由於結核病是一種慢性感染，所以患者也常有發燒的症狀。

最後，當體內的皮質醇不足，腦下垂體（pituitary gland）會增加分泌另一種稱為促腎上腺皮質素（adrenocorticotropic hormone，簡稱 ACTH）的賀爾蒙，嘗試刺激腎上腺多分泌皮質醇。大家可以把腦下垂體想像成為腎上腺的老闆，當下屬偷懶不工作，老闆自然要出面督促下屬工作。可是腎上腺也只是身不由己，它並不是存心偷懶，只不過假若它已經被結核菌破壞，自然就無法

正常工作。所以就算老闆出面，仍然不能令到皮質醇的分泌回復正常。不過，促腎上腺皮質素卻有另一個效果，它可以刺激黑色素（melanin）在皮膚上沉澱，令患者的皮膚顏色暗沉發黑，這也許可以解釋到奧斯汀所講的「黑、白，與所有錯的顏色」。

科普顯然提出了一個非常好的理論，結核菌引起的愛迪生氏病可以解釋到奧斯汀的大部分症狀。美中不足的是，結核菌大多都會先入侵肺部，引起胸肺的症狀，而奧斯汀卻沒有這些症狀。

另尋病因

科普的文章一被刊登就引起很大的迴響。貝文（F. A. Bevan）醫生又在《英國醫學期刊》寫了一篇文章去回應科普，他指出自己曾經遇過一名患上淋巴瘤（lymphoma）的年輕病人，這名病人最初出現的病徵就是背痛，這與奧斯汀的症狀不謀而合。雖然這名病人並沒有明顯的淋巴結腫脹，但除此之外，其他症狀都與奧斯汀非常相似。於是貝文醫生就大膽猜測奧斯汀患上的可能是淋巴瘤，其中最有可能是何杰金氏淋巴瘤（Hodgkin lymphoma）。

《血案3》是一本血液學的書籍，史丹福當然要多花些筆墨好好地介紹一下何杰金氏淋巴瘤這種在血液學中「鋒芒四射」的疾病。

檔案二
血液癌症

淋巴瘤由淋巴細胞在淋巴系統內異常地增生而引起。淋巴癌可以分成何杰金氏淋巴瘤與非何杰金氏淋巴瘤（non-Hodgkin lymphoma）兩大類。非何杰金氏淋巴瘤可以再細分為 B 細胞淋巴瘤、T 細胞淋巴瘤與 NK 細胞淋巴瘤，分別對應著三種正常的淋巴細胞。

何杰金氏淋巴瘤是史上首種被描述的淋巴瘤。1832 年，來自英國倫敦蓋伊醫院（Guy's Hospital）的醫生何杰金（Thomas Hodgkin）描述了七名淋巴腫大的病人的解剖發現。這七位病人有著類似的解剖發現，顯然是患上同一種疾病。於是這種疾病就被命名為何杰金氏症（Hodgkin disease）。

不過當時的醫學界並未知道何杰金氏症是一種血液癌症，由於它與結核病的病徵相近，不少學者認為何杰金氏症只是結核病的一種。這個迷思要到 1902 年才給破除。當時，一位女性病理學研究員立德（Dorothy Reed Mendenhall）檢驗了何杰金氏症與結核病病人的淋巴結組織樣本，她發現何杰金氏症患者的樣本中有一種形態特殊的細胞，這細胞有兩個細胞核，每個核都有一個大的像包涵體（inclusion body）的核仁，大小相當於一個小淋巴球，就如有兩顆大眼睛。她又進一步進行實驗，證明何杰金氏症與結核病是兩種不同的疾病。她的發現對我們認識何杰金氏症的病理特性有很大的幫助。另一位科學家史登堡（Carl Sternberg）也在差

不多時間發現了這種形態特殊的細胞,於是科學界後來就以兩人的名稱為細胞命名,稱之為立德—史登堡氏細胞(Reed-Sternberg cell)。

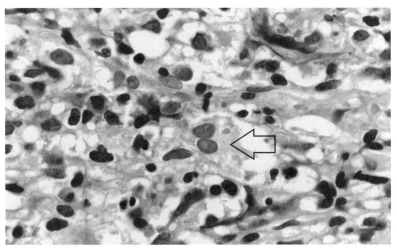

圖 2.3.1　何杰金氏淋巴瘤患者的骨髓環鑽活檢片,箭頭標示著立德–史登堡氏細胞

　　立德作出了如此重大的學術發現,本應在學術界中平步青雲。可惜由於當年的學術環境對女性很不利,即使立德有著出色的研究結果,她卻始終得不到病理科的教學職位,最後她只好改為攻讀兒科,而她之後也對改善初生嬰兒健康的範疇作出了很大貢獻。

　　到了今天,病理學已經有了充足的發展。學者早已認清何杰金氏症的真正身份——它是一種淋巴瘤,因此這疾病也被正名為何杰金氏淋巴瘤。

　　頸部淋巴結腫大是何杰金氏淋巴瘤的主要特徵，因此有不少病人都是因頸部腫脹而求醫，才發現自己患病。不過有時候何杰金氏淋巴瘤只影響較為深層的淋巴結，例如胸腔內兩側肺臟中間有一個叫做縱膈（mediastinum）的身體部位，裡面的淋巴結亦是何杰金氏淋巴瘤經常影響到的部位，不過醫生及病人都很難察覺到這些淋巴結的腫大。

　　除了淋巴結腫大外，何杰金氏淋巴瘤亦會激發發炎反應，並引起所謂的「B症狀」（B symptoms）。「B症狀」是指發燒、流夜汗及體重下降（六個月內有10%或以上的體重下降）這三大症狀。B症狀是由何杰金氏淋巴瘤的癌細胞產生細胞因子（cytokine），例如白介素-1（interleukin-1，簡稱IL-1）、白介素-6（interleukin-6，簡稱IL-6）及腫瘤壞死因子-α（tumor necrosis factor-α，簡稱TNF-α）等所引起。

　　何杰金氏淋巴瘤更可以引發一種特別的發燒型態，患者反覆地出現三至十天的高燒及三至十天的無燒日子。這種特別的發燒型態叫做佩爾—愛潑斯坦發燒（Pel-Ebstein fever）。根據某些舊文獻的記載，約35%的何杰金氏淋巴瘤患者會出現佩爾—愛潑斯坦發燒。這亦與奧斯汀時好時壞的症狀吻合。不過佩爾—愛潑斯坦發燒與何杰金氏淋巴瘤的關係在醫學界中一直都很具爭議性，新的醫學文獻提出佩爾—愛潑斯坦發燒的個案其實遠比想像中少。有些醫學

專家認為其他疾病，例如結核病都可以引起類似佩爾—愛潑斯坦發燒的發燒型態。有些專家甚至斷言佩爾—愛潑斯坦發燒這個現象根本不存在。

奧斯汀的病歷也令史丹福回想起自己在醫科考試時遇到的一個個案。當時的內科臨床考試要求考生在一小時內向病人詳盡地問症及進行身體檢查，之後作出診斷，並提出相對應的進一步檢查與治療。史丹福遇到的病人因發燒而入院，原因不明，只是後來進行正電子掃瞄檢查才發現病人患有淋巴瘤。教授們選擇這位病人作考試題目的原因，可能就是想測試我知不知道淋巴瘤與不明原因發熱（pyrexia of unknown origin）的關係。而奧斯汀的病歷與這位病人也有一定程度的相似。

那何杰金氏淋巴瘤又可否引起「黑、白，與所有錯的顏色」的現象呢？原來何杰金氏淋巴瘤可以引起血小板減少，令病人容易流血。患者的皮膚可以因出血而出現瘀點（petechia）或瘀斑（ecchymosis），令皮膚變成紫黑色。這亦可能是奧斯汀所描述的「黑、白，與所有錯的顏色」。

檔案二
血液癌症

疑雲未消

結核菌引起的愛迪生氏病及何杰金氏淋巴瘤似乎都是很不錯的理論，不過兩個說法都有一個缺陷，就是無法解釋奧斯汀的膝痛。

來自英國倫敦聖湯瑪斯醫院（St Thomas' Hospital）的桑德斯（Michael D. Sanders）等人在 2011 年於《狼瘡》（*Lupus*）期刊中發文，重新分析奧斯汀的病歷。他們認為奧斯汀所患的更有可能是系統性紅斑狼瘡症（systemic lupus erythematosus，簡稱 SLE）。

系統性紅斑狼瘡症是一種自身免疫性疾病，患者的免疫系統失調，不正常地產生過多抗體，並攻擊病人自己的身體組織。系統性紅斑狼瘡症是種惡名昭彰的全身性疾病，可以影響身體多個系統，包括腎臟、關節及皮膚等。而發燒也是系統性紅斑狼瘡症的常見症狀。

系統性紅斑狼瘡症可以引起關節炎，引起背痛與膝痛。而「黑、白，與所有錯的顏色」也有可能是指系統性紅斑狼瘡症所引起的皮膚疹。系統性紅斑狼瘡症可以引起光敏感，令患者的皮膚在被陽光照射之後出現強烈反應。除此之外，蝴蝶斑（malar rash）與圓盤狀皮膚疹（discoid rash）也是此病的常見皮膚症

狀，這些皮膚症狀可以使皮膚呈現紅、紫及其他的奇怪顏色。系統性紅斑狼瘡症狀自行緩解與復發也是常在患者中出現的現象。

最後值得一提的是，雖然奧斯汀似乎沒有明顯的血液學症狀，但其實系統性紅斑狼瘡症亦與很多血液學問題息息相關，例如溶血性貧血、白血球過低、淋巴球過低症、血小板減少等。系統性紅斑狼瘡症相關的狼瘡性抗凝固素（lupus anticoagulant）亦會增加血栓的風險。系統性紅斑狼瘡症患者的血液中有時候更會出現一種名為紅斑狼瘡細胞（lupus erythematosus cell，簡稱 LE 細胞）的有趣細胞（圖 2.3.2），它們的細胞核偏側在一邊，細胞質中有一團粉紅色像是啫喱般的物質。這種細胞其實是吞噬了其他細胞的細胞核物質的嗜中性白血球（neutrophil）。

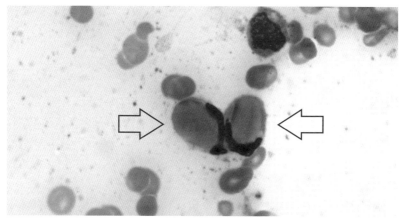

圖 2.3.2　系統性紅斑狼瘡症患者的骨髓抽吸片抹片，箭頭標示著紅斑狼瘡細胞

檔案二
血液癌症

　　那麼結核菌引起的愛迪生氏病、何杰金氏淋巴瘤與系統性紅斑狼瘡症，究竟哪一個才最有可能是奧斯汀所患的疾病呢？其實三個理論都各有長短，平分千秋，我們實在很難單靠病歷去判斷奧斯汀真正所患的是何病。始終，單靠病歷去作診斷也是有其限制的。

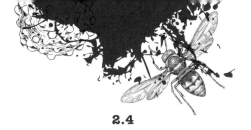

2.4
任內病逝的
法國總統龐比度

1974年4月2日晚上9時，法國當時在位的總統龐比度（Georges Pompidou）因病離世。當他的死訊公布時，法國市民都感到百感交集，法國人當然會覺得難過與不捨，但他們大概更加覺得驚訝與困惑，以及覺得被騙。

雖然當時的不少新聞報道都猜測龐比度患有重病，但愛麗舍宮當局一直否認，並只表示總統患有感冒。根據後來公開的資料，龐比度是死於一種慢性血液疾病——華氏巨球蛋白血症（Waldenström macroglobinaemia）。顯然，龐比度患病已久，而且刻意隱瞞自己的病情，不讓國民知道。法國人對龐比度政府處理總統病情的方式非常不滿意，他們認為這種做法極其傲慢，並令到國家在毫無準備之下失去了領導人。

須知道，法國的政制並沒有副總統，而龐比度在死前也沒有安排繼任人選，所以龐比度之死令法國的政治陷入了混亂。

龐比度的病情

到底龐比度病逝的經過是怎樣的呢？

龐比度在 1969 年當選法國總統，接替法國國家英雄戴高樂（Charles de Gaulle）。龐比度的名氣雖然不及戴高樂，但其實他在任內於內政上建樹頗多，他推動法國的經濟現代化和工業化，在汽車、航空、鋼鐵、電訊、核能等不同的領域投資，促進這些行業的發展。他又在任內制定了最低工資等政策，保障低下階層。在外交上，他卻比較惹人非議，他延續了戴高樂的獨立自主政策，嘗試疏遠美國，親近蘇聯，但他卻未能獲得蘇聯的信任，結果兩面不是人，導致法國遭到在外交上的孤立。在這方面，他所面臨的困境與法國的現任總統馬克龍頗為相似。

龐比度去世多年後，他的醫生透露龐比度其實至少從 1968 年開始就已患上華氏巨球蛋白血症。也就是說，他在 1969 年出任總統時就已經患病，而且他在就任總統期間很清楚自己的病情。

《血案》系列的忠實讀者們也許會對華氏巨球蛋白血症這個疾病有種似曾相識之感，這是因為在同一時期，於地球的另一端有另一位國家元首同樣受到此病困擾，他就是伊朗的末代國王巴列維（Mohammad Reza Pahlavi）。巴列維國王的故事被收錄在前作《血案 2 之血證如山》中。

在介紹龐比度的故事之前，讓我們很快地回顧一下有關華氏巨球蛋白血症的基本資訊。

華氏巨球蛋白血症與淋巴漿細胞性淋巴瘤（lymphoplasmacytic lymphoma）相關。淋巴漿細胞性淋巴瘤是一種低等級 B 細胞淋巴癌（low grade B-cell lymphoma）。B 細胞（B-cell）是淋巴球（lymphocyte）的一種。正常的 B 細胞在成熟時通常會變成為漿細胞（plasma cell），負責生產免疫球蛋白（immunoglobulin），亦即是抗體（antibody），用於對抗感染。而淋巴漿細胞性淋巴瘤就是一種由成熟晚期的 B 細胞引起的血液腫瘤，由於這些癌變的 B 細胞已經相當成熟，所以它們可以分化成漿細胞。這些細胞會過量生產一種稱為 IgM 的抗體。正常人的身體內會有不同的抗體，用來對抗不同的感染，但因為淋巴漿細胞性淋巴瘤中的癌細胞都是由同一群細胞增殖出來的，它們產生的抗體都是完全相同，這些相同的抗體被稱為單株抗體（monoclonal antibody），又稱副蛋白（paraprotein）。而淋巴漿細胞性淋巴瘤產生 IgM 副蛋白的情況就叫做華氏巨球蛋白血症。

正如大部分的低等級淋巴癌，淋巴漿細胞性淋巴瘤都會引起淋巴結腫脹、肝脾腫脹、骨髓功能受損，但淋巴漿細胞性淋巴瘤製造的 IgM 副蛋白可以引起其他的臨床問題，由於 IgM 的蛋白結構，

它特別容易提升血液的黏滯度。高血液黏度會影響腦部與神經的血液供應，引起頭痛、視力模糊及其他的神經系統症狀，這個情況叫做高黏滯血症（hyperviscosity syndrome）。它是一種危險的併發症。

言歸正傳，龐比度到了任期的後期其實已經滿臉病容。他的臉容浮腫，腳步不穩。巴黎的政界早有流傳他患病。他公開露面的時間越來越少，不過每次露面都會吸引公眾留意他的病徵。1972 年夏季，由於他的臉容疲憊，他一度禁止電視台報道他參觀展覽會的情況。1972 年的聖誕，他也只是在愛麗舍宮傳統的聖誕樹前短暫露面，之後就表示自己患有嚴重流感而離開。1973 年的元旦，他在錄製新年演詞時都是「上氣不接下氣」的。

龐比度身體不適的情況越來越常見，但當局每次都推搪說總統患了流感。由於他的「流感」太過頻繁，不但吸引到國內媒體的注意，就連在大西洋對岸的美國都開始留意。有說龐比度在 1973 年 6 月出訪冰島雷克雅維克之行中，美國中央情報局收集了他的尿液樣本去分析他的身體情況，以了解其病情。我們不知道中央情報局做了甚麼檢測，亦不知道結果如何，不過根據合理的醫學推斷，他們大概是檢測了尿液樣本的副蛋白，從而知道龐比度患有華氏巨球蛋白血症。在龐比度與美國總統尼克遜最後一次會面後，尼克遜曾向他的隨行人員透露龐比度「不會活得太久」。

龐比度總統的健康問題持續受到媒體注意。當時有一些報道就猜測他患有多發性骨髓瘤（multiple myeloma）。但愛麗舍宮的公報一如既往地否認，只稱總統「流感復發」。

雖不中亦不遠矣

今天我們知道，當時的報道猜測雖不中亦不遠矣。龐比度患的並不是多發性骨髓瘤，而是淋巴漿細胞性淋巴瘤，一種與多發性骨髓瘤非常相似的血液癌症。多發性骨髓瘤與淋巴漿細胞性淋巴瘤就如孿生兄弟一樣，不論在形態學上或生物化學上都有不少相似的特性。在形態學上，兩種血液癌症患者的骨髓中都會有漿細胞增加的現象。在生物化學上，兩種癌症都會製造出副蛋白。

在病理學上，如何分辨這兩種相似血液癌症是一個非常有趣且重要的課題，所以請容史丹福在此打個岔，先介紹一下兩者的分別。

首先，在臨床上，多發性骨髓瘤較常影響骨骼，患者常有骨痛及高血鈣的症狀，但淋巴漿細胞性淋巴瘤的患者則甚少有這些症狀。其次，淋巴漿細胞性淋巴瘤製造的副蛋白是 IgM 蛋白，而多發性骨髓瘤並不會製造 IgM 蛋白，卻會製造其他種類的副蛋白，例如 IgG 或 IgA。而在形態學上，雖然兩種血液腫瘤都會分化成漿

細胞，但淋巴漿細胞性淋巴瘤亦會分化成淋巴細胞，所以這種腫瘤是混雜了癌變的淋巴細胞與漿細胞，而多發性骨髓瘤則大多只有漿細胞。然而有一種特殊的多發性骨髓瘤——伴有 t(11;14) 染色體易位的多發性骨髓瘤的癌細胞則較為獨特，此腫瘤的癌細胞在形態上介乎淋巴細胞與漿細胞之間，與淋巴漿細胞性淋巴瘤的癌細胞很相似。

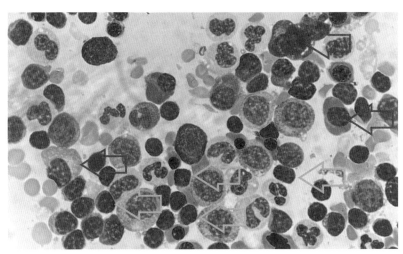

圖 2.4.1　淋巴漿細胞性淋巴瘤患者的骨髓抽吸片抹片，骨髓內混雜了癌變的淋巴細胞與漿細胞，紅箭頭標示著漿細胞，橙箭頭標示著淋巴細胞

　　傳統的技術有時候很難分辨淋巴漿細胞性淋巴瘤與伴有 t(11;14) 染色體易位的多發性骨髓瘤。幸好隨著科學的進步，血液學醫生現在有更多先進的工具作出診斷。其中一種新技術是螢光原

位雜交（fluorescent in situ hybridization，簡稱 FISH），血液學醫生可以用此技術來偵測 *t(11;14)* 染色體的變異。這種染色體變異只會在多發性骨髓瘤中出現，淋巴漿細胞性淋巴瘤並不會有這種染色體變異。另外，血液學醫生也可以利用新的分子遺傳學技術來偵測 *MYD88* L252P 的基因突變，這種突變只會在淋巴漿細胞性淋巴瘤找到而不會在多發性骨髓瘤中出現。

病入膏肓

1974 年 2 月 7 日，愛麗舍宮當局發表了一份由醫生簽署的官方聲明，詳細介紹總統的健康狀況。這是首份有關龐比度健康情況的官方公告。根據官方聲明，總統患上了一種類似流感的感染，並有華氏 100.5 至 102 度的發燒，因此他需要在家休養。

聲明一發出就立即引起了很大的迴響。很多媒體都猜測龐比度已經病入膏肓，可能無法履行總統的工作職責，亦有人相信龐比度即將會辭職。不過龐比度卻決定堅持到最後一刻。

3 月 27 日，龐比度出席他生前的最後一次部長聯席會議。他在會議最後對部長們表示他們可以不用等他站立而先行離開會議廳，因為他感到很疲倦。他又對部長們重申自己不是一個將死之人，他告誡部長們不要相信外界的謠言。

檔案二
血液癌症

最終龐比度在同年的 4 月 2 日晚上 9 時離世，享年 62 歲。

法國官方並沒有宣布他的死因，不過根據他生前的發燒症狀推斷，他很有可能死於淋巴漿細胞性淋巴瘤併發的感染。淋巴漿細胞性淋巴瘤可以入侵骨髓，令患者的白血球數量減少，因而影響他們的免疫力，導致他們特別容易受到感染。另外，龐比度總統亦有可能需要接受化療去控制病情，化療藥物亦可以抑制骨髓，影響白血球的數量。

1982 年，龐比度夫人接受了訪問，並回顧了丈夫龐比度之死。她表示她認為龐比度的死亡與華氏巨球蛋白血症無關，而是死於「可怕的痔瘡災難」。龐比度夫人指龐比度在逝世前曾有嚴重的痔瘡出血，並因而造成「血中毒」而死。龐比度夫人雖然很了解龐比度，但她始終不是血液學專家，所以她可能不了解華氏巨球蛋白血症與流血的關係。其實出血是華氏巨球蛋白血症的常見併發症。

華氏巨球蛋白血症可以透過不同的機制引起出血。首先，淋巴瘤的癌細胞可以入侵骨髓，影響骨髓製造血小板的能力，令患者的血小板數量下降，血液無法凝結下就會造成出血。其次，癌細胞可以吸附血漿中的溫韋伯氏因子（von Willebrand factor）。溫韋伯氏因子就如膠水一樣，可以把血小板與血管連在一起。缺乏溫韋伯氏因子會增加病人流血的風險，這情況叫做獲得性溫韋伯氏疾病

（acquired von Willebrand disease）。再者，IgM 蛋白可以抑制凝血因子 VIII 與溫韋伯氏因子的功能，影響凝血。總的來說，龐比度過身前的痔瘡出血其實很有可能與血液癌症有關。

重蹈覆轍

龐比度過世之後，德斯坦（Valéry Giscard d'Estaing）贏了大選，成為新一任法國總統。1981 年，德斯坦在總統大選中敗予反對派社會黨的密特朗（François Mitterrand）。

因為龐比度患病一事，法國人民對總統健康情況的透明度有了更高的要求。密特朗在大選時曾向選民承諾，假如他當選總統，他將會公開自己的健康情況，並且每半年就會發布一次總統身體狀況醫學公報。不過正如網絡「潮語」所講，人類總要重複同樣的錯誤。密特朗在當上總統不久後就患上了前列腺癌，而且癌細胞已經擴散至骨骼。不過密特朗並沒有遵守他在競選總統時所作出的承諾，並處心積慮地隱瞞病情。他在總統身體狀況公報中隱瞞患癌一事，虛報自己的身體狀況。為了預防外國的情報機關得知他患病，他作出了多項保密措施，並會在外出訪問時對所有個人用品進行特殊處理，以防外國情報機關可以拿到來自他身體的樣本。

　　1992 年 9 月，密特朗的病情急劇惡化，必須進行手術。他的醫生團隊才不得不公開總統患有前列腺癌的消息。密特朗當總統的 14 年間，有 11 年都指示私人醫生隱瞞他前列腺癌的實情，這是繼龐比度之後再一次令公眾有一種一直被欺騙的感覺。

　　其實密特朗在任期的後段已經一直臥床，難以履行總統的職責。不過他比龐比度幸運，他成功捱得過自己的總統任期。密特朗於 1995 年 5 月卸任，在數個月之後便病逝了。

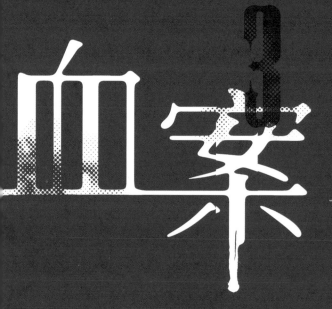

流血與血栓

蘇軾
So Sick

「明月幾時有,把酒問青天。」

「但願人長久,千里共嬋娟。」

「十年生死兩茫茫,不思量,自難忘。」

「大江東去,浪淘盡,千古風流人物。」

蘇軾的詩詞精美絕倫,傳頌千古。即使是對中國文學認識不多的人,相信都一定聽過以上的佳句,並禁不住讚嘆辭句的精妙雅緻。

蘇軾,字子瞻,號東坡居士,因此又被後世稱為蘇東坡。蘇東坡是北宋的文學家及書畫家,他的文學成就極高,被列為「唐宋八大家」之一。但大家又知不知道原來蘇東坡之死原來也可能與血液學有關?

東坡回京

話說蘇東坡雖然才華橫溢，但其仕宦生涯卻十分坎坷。他在黨爭中失利，晚年時被流放到遙遠的海南島。不知道為何，中國史上留下千古佳句的大文學家都是官場失意的，李白、杜甫、陶淵明、辛棄疾都是如此。幸好後來宋哲宗駕崩，宋徽宗即位，他隨即大赦天下。蘇東坡的流放生涯亦得以完結。

蘇東坡懷著興奮的心情回京。當時的交通沒有現在方便，回京的路途遙遠，連日的路程令蘇東坡疲憊不堪。再加上蘇東坡名滿天下，所到之處都有新交舊知為他設宴招待，詩詞唱和，又帶他四處欣賞湖光山色。他的仰慕者本是一番美意，奈何蘇東坡當時已是位花甲老人，體力實在不勝負荷，結果他勞累病倒。

他在遊太湖之時覺得酷暑難當，大量飲用冰水。到了半夜就腹瀉不停。翌日，全身乏力，甚是疲憊。蘇東坡略懂醫術，於是利用黃芪等藥熬粥服食。當時蘇東坡胃口不佳，食慾不振，卻依然硬著頭皮參加朋友所設的宴會。此後他的病情持續轉差，據記載，他「某一夜發熱不可言，齒間出血如蚯蚓者無數」，意思就是指他開始發燒與牙齦出血。蘇東坡之後再服用了人參等補藥。

到了常州之後，蘇東坡寫自己「百病橫生，四肢腫滿，渴消唾血，全不能食者，二十餘日矣。自料必死」。他知道自己命不久矣，最後決定辭官在常州休養。他抵達常州時，河岸邊有成千上萬的人夾道歡迎，但人們並不知道，蘇東坡此時已經病入膏肓。他到了常州，病情每況愈下，最終在藤花舊館逝世。

清代的士大夫陸以湉對醫學很有興趣，他研究蘇東坡的病歷，在《冷廬醫話》一書中寫道「病暑飲冷暴下，不宜服黃芪，殆誤服之。胸脹熱壅，牙血泛溢，又不宜服人參、麥門冬。噫，此豈非為補藥所誤耶？」大意是說，蘇東坡的病症是「暑毒」，不宜服用黃芪及人參等補藥。蘇東坡自行斷症，濫服補藥，反而令到病情惡化。

齒間出血如蚯蚓者無數

史丹福當然不懂傳統中國醫學的概念，對中草藥的認識亦相當有限，所以無法評論陸以湉先生的意見。不過根據現代醫學，蘇東坡先是腹瀉，之後發燒，病徵似乎與腸胃感染最為吻合。

而對血液學醫生來說，最感興趣的症狀自然是「齒間出血如蚯蚓者無數」。牙齦出血是止血系統異常的症狀。正常人體內有血小板與凝血因子等機制來預防出血。當這些系統出現異常，身體就

會有不尋常的流血現象。一般來說，血小板的問題較易引起皮膚瘀傷、流鼻血、牙齦出血及女士經血增多等。而凝血因子的問題則較常導致深層流血，例如肌肉內出血及關節出血等。

那麼假如蘇東坡真的患有感染，那又與出血症狀有何關係呢？合理的推斷是，蘇東坡腸胃中的細菌走到血液中，引起敗血症（sepsis）。某些細菌的細胞壁外層含有脂多醣（lipopolysaccharide），而細菌引起的免疫反應又會令免疫細胞釋放出細胞因子（cytokine），再加上不同的生化機制，令體內出現不受控的發炎反應。發炎反應會令血管的內皮組織產生大量的組織因子（tissue factor），凝血系統被大規模地激活，結果凝血因子及纖維蛋白原就被消耗得很快，血小板亦會同時被消耗掉，結果令蘇東坡容易出血。

凝血系統被激活時反而會引起流血症狀，這看似很違背常理，但其實並不難理解。打個比喻，一個人在不適當的時候大量花錢，不單不會令他變得富有，反而會令他變得一貧如洗，正如俗語所講，「冇咁大個頭唔好戴咁大頂帽」。同樣道理，在不適當的時候激活凝血系統，只會令身體中的凝血因子及血小板在毫無意義的情況下被用掉，結果反而會容易流血。臨床上，這情況叫做瀰漫性血管內凝血（disseminated intravascular coagulation，簡稱 DIC）。不過嚴格來說，瀰漫性血管內凝血並不是一個疾病，它

檔案三
流血與血栓

只是一個由疾病引起的現象，它背後的疾病才是始作俑者。可以導致瀰漫性血管內凝血的疾病有很多，除了敗血症之外，還包括某些惡性腫瘤、大規模創傷、中毒、急性溶血及妊娠併發症（如羊水栓塞）等。

根據記載，除了牙齦出血之外，蘇東坡似乎未有其他嚴重的流血症狀。因此，雖然他可能有瀰漫性血管內凝血，但這並不是他的主要致命原因。他最終死亡的原因有可能是敗血症併發的多重器官衰竭。

除了感染之外，有人認為蘇東坡是死於中暑，不過蘇東坡的症狀持續多時，假如蘇東坡真的出現中暑，他理應會在很短時間內過世。假如他只是出現較輕微的熱衰竭（heat exhaustion），他只需回到陰涼及空氣流通處休息，並且多喝水，應該很快就會復原。因此不論是中暑或是熱衰竭，都很難解釋到蘇東坡持續發燒的症狀。

聖殿騎士團的
詛咒

聖殿騎士團（Knights Templar）的最後一任團長莫萊（Jacques de Molay）被綁在火刑柱上，熊熊烈火向他襲來。莫萊的肉體受著火燒之苦，但他的內心卻決不屈服。蒙受冤屈而心有不甘的莫萊在火堆中施下詛咒。他說在這一年內，迫害聖殿騎士團的國王菲臘四世（Philip IV）與教宗克勉五世（Clement V）必須在上帝面前承認他們的罪行。

令人驚訝的是，莫萊所下的「詛咒」竟然應驗了。教宗克勉五世一個月後就因病而與世長辭，而菲臘四世則在半年後猝逝。更神奇的是，菲臘四世的卡佩王朝（House of Capet）已經延續近350年，期間國王都連續有男嗣。在菲臘四世去世之後，其王位先後由其三個兒子繼承，但三名兒子都未能留下男嗣，結果延續300多年的法國卡佩王朝竟然就這樣覆滅了。

聖殿騎士團滅團事件

以上的故事就是歷史上著名的聖殿騎士團滅團事件。事件本身就已經很具戲劇性，而所謂的「詛咒」則令事件更為引人入勝。不過，這段遙遠的中世紀故事雖然非常有趣，但它又與血液學有何關係呢？讓我們從頭說起。

11世紀時，基督教的聖地耶路撒冷被穆斯林統治。西歐的地主與騎士在教宗的召喚下發起了第一次十字軍東征，攻破了耶路撒冷，並建立了耶路撒冷王國。雖然第一次十字軍東征很成功，但從歐洲前往耶路撒冷的朝聖者卻依然經常受到穆斯林襲擊。有見及此，兩名曾經參與十字軍東征的法國貴族連同一群騎士成立了一個騎士團組織去保衛耶路撒冷及朝聖者的安全。這個組織以傳說中所羅門聖殿的所在地聖殿山為根據地，因而取名「基督和所羅門聖殿的貧苦騎士團」（the Poor Knights of Christ and of the Temple of Solomon），簡稱聖殿騎士團。聖殿騎士團團員擁有視死如歸的精神，他們的英勇作戰表現令騎士團很快獲得了當時教宗依諾增爵二世（Innocent II）的賞識。教宗授予騎士團特權地位，令騎士團只對教宗負責，不受國王和地方主教指揮，而且有免稅的特權。

　　守護耶路撒冷不僅需要軍事力量,亦需要強大的經濟力量。聖殿騎士團除了善於作戰,亦精於商業。騎士團發展出現代銀行的雛形,從事放債業務,甚至連很多歐洲國王與貴族都要向他們借貸。另一方面,騎士團亦有經營地產業務,幾乎整個歐洲都有屬於他們的資產,甚至比歐洲的國王還要多。

　　後來,耶路撒冷被穆斯林攻陷。聖殿騎士團失去了據點,騎士們只好回到歐洲。與此同時,事件中的另一主角法國國王菲臘四世因為連年征戰導致國庫空虛,他也同時欠了聖殿騎士團很多債款。菲臘四世是歐洲歷史上著名的美男子,不過他內心卻有著與他外貌不相稱的凶狠。他想到了一個絕佳的計劃去解決財政危機,就是向聖殿騎士團下手。

　　1307 年 10 月 13 日星期五,菲臘四世展開他精心部署的計劃,在毫無徵兆之下突然大舉逮捕法國境內的聖殿騎士。大部分被逮捕的聖殿騎士團成員經過殘酷審訊後被判以異端罪名並處以火刑,大批騎士遭屠殺。自此之後,13 號星期五就與惡運畫上了等號,這就是「黑色星期五」的由來。

　　1312 年,身處亞維農教廷的教宗克勉五世被菲臘四世施壓,宣布解散聖殿騎士團。1314 年,最後一任團長莫萊也被施以火刑處死。莫萊在臨死前下了「詛咒」,要菲臘四世與教宗於一年內在上帝面前為他們的罪行負責。

檔案三
流血與血栓

詛咒應驗？

一個月後教宗暴斃。不久後，菲臘四世在蓬聖馬克桑斯（Pont-Sainte-Maxence）進行狩獵時突然感到不適。

歷史資料並沒有詳細記錄詳情，不過根據史丹福的猜測，菲臘四世當時可能覺得臉部或手腳麻痺及無力，說話不清，視力模糊或者頭痛。聰明的讀者朋友們也許會知道，這些都是中風的典型症狀。數週後，菲臘四世於楓丹白露（Fontainebleau）死去，死時只有46歲。

中風本是常事。事實上，歷史上很多的國王都是因為中風而死。但菲臘四世以46歲之齡就因中風逝世，頗不尋常。

大部分的缺血性中風個案都發生在年長人士身上。這是因為缺血性中風屬於動脈血管疾病，它大多與動脈粥樣硬化（atherosclerosis）相關。動脈粥樣硬化是隨著年齡增長而出現的現象，經過長年累月結締組織的增長及膽固醇的沉積，動脈壁會變硬變厚，最終使動脈變細並失去彈性。血管內壁所累積的脂肪斑塊不單使血管內徑變窄，影響血流，那些脂肪斑塊亦有可能剝落，吸引血小板附著於血管內皮損傷處，這兩個情況都令到血栓容易形成，阻塞腦部的血管，影響腦部的血液供應，引起缺血性中風。高

血壓、高血糖及高血脂,即所謂的「三高」亦會加速動脈粥樣硬化的形成。

菲臘四世死時只有 46 歲,他理應不會有嚴重的動脈硬化,而且中世紀的飲食的脂肪與糖分一定較現代的飲食為低,所以菲臘四世有「三高」的可能亦不高。既然如此,他為何如此年輕便因中風而死?難道真的是詛咒作怪?非也。年輕中風的現象雖然並不常見,但也稱不上是百年不遇,曠古未有。醫學上把 50 歲或以下出現中風的個案稱為「年輕型中風」(young stroke),而年輕型中風佔中風個案的大約 10%。

有別於傳統的中風,年輕型中風不一定與動脈硬化相關,反而可能由其他疾病引起。在眾多引起年輕型中風的疾病中,以抗磷脂質綜合症(antiphospholipid syndrome)最為知名。根據統計,有近 20% 的年輕型中風個案都與抗磷脂質綜合症有關。

抗磷脂質綜合症由狼瘡性抗凝固素(lupus anticoagulant)或相關的抗心磷脂抗體(anti-cardiolipin antibody)及抗 β2 醣蛋白 1 抗體(anti-β2 glycoprotein 1 antibody)引起。狼瘡性抗凝固素是一種異常的抗體,它最先在系統性紅斑狼瘡症(systemic lupus erythematosus)病人血液中發現,因而得名。這種抗體會干擾血液內的凝血系統與抗凝血系統的平衡,並會影響膜聯蛋白

檔案三
流血與血栓

A5（annexin A5）的運作。膜聯蛋白 A5 本來可以減少凝血因子與磷脂質（phospholipid）的互動，減慢凝血。當其功能受到影響，凝血反而會加快，加速血栓的產生。

　　臨床上，抗磷脂質綜合症患者的臨床症狀包括中風與冠心病等動脈血栓疾病、肺栓塞及深層靜脈栓塞等靜脈血栓疾病。另外，婦女反覆流產也是抗磷脂質綜合症的臨床症狀之一。研究顯示，抗磷脂質綜合症患者出現中風的機率是常人的 1.76 倍。如果患者同時患有其他自身免疫疾病，他得到中風的機率更達到常人的 14.7 倍。除了抗磷脂質綜合症外，其他與年輕型中風相關的疾病還包括心臟栓塞（cardiac embolism）、椎頸動脈剝離（carotid dissection）及動脈炎（arteritis）等。簡而言之，尚算年輕的菲臘四世並非與中風無緣。

　　至於沒有男丁繼承王位，其實也不是菲臘四世的卡佩王朝獨有的問題。事實上，歐洲的國王不如中國皇帝般可以「後宮佳麗三千」，他們尊重一夫一妻制度，因此繼後香燈並不如大家想像般容易。許多歐洲的王朝都是因為沒有嫡男繼承而結束的，這本是平常事。例如德意志的國王經常沒有男丁，王朝經常每一百年就輪替一次。即使強如英格蘭的都鐸王朝（House of Tudor）都難逃這宿命。都鐸王朝的亨利八世（Henry VIII）因為妻子未能誕下男丁而與她離婚，他一生共娶過六個妻子，卻只誕下一個兒子可以繼

承王位。結果他的兒子在 9 歲登位，15 歲便死去，王位傳給了亨利八世的女兒瑪麗，瑪麗死後王位傳給了亨利八世另一個女兒伊利沙白，之後便後繼無人，都鐸王朝就此完結。卡佩王朝連續 350 年間都有男丁誕生，令王位得以世襲，實在是絕無僅有，這被後世稱為「卡佩家的奇蹟」。換句話說，與其說菲臘四世未能把王位繼續傳給後代是不幸，倒不如說菲臘四世的祖先都非常幸運。

總的來說，菲臘四世之死雖然有著不少巧合之處，但不至於需要用到「詛咒」來解釋。現代醫學知識已經足以解釋到他為何如此年輕便中風而死。而未能把王位繼續傳給後代令王朝完結也是歐洲王室的常見問題，並沒有甚麼稀奇之處。不過，即使到了科學昌明的今天，不少人仍然願意相信詛咒及報應。這恐怕是因為現今社會中不義的人太多，那些人往往都有財有勢，可以隻手遮天，現實的方法不能對付他們，所以被壓迫的人才寄望於超自然力量，希望所謂的詛咒及報應可以懲罰惡人。

檔案三

流血與血栓

3.3
奧本海默夫人的
死亡之旅

有「原子彈之父」之稱的科學家奧本海默（J. Robert Oppenheimer）的一生如過山車般高潮迭起，充滿戲劇性。他的內心複雜而矛盾。他是位理論物理學家，而且是美國最早研究量子力學的科學家之一。在第二次世界大戰期間，他被美國軍方選中成為研究原子彈的「曼克頓計劃」的實驗室主管，並在計劃中展現了他優秀的管理及執行能力。他研發的原子彈之後被投放到日本廣島與長崎。一方面，他慶幸自己負責研發的項目順利運作，另一方面，他卻因為原子彈所造成的傷亡而深感自責，並認為自己雙手沾滿了鮮血。

奧本海默的成功本可令他名成利就，但他卻因為欠缺政治敏感度（與共產黨員私交甚篤）及過分理想化的道德價值觀（認為美國不應該研發比原子彈威力更大的氫彈）而被人作出政治攻擊，最終令他身敗名裂。

奧本海默的一生如此精彩，伯德（Kai Bird）和舍溫（Martin J. Sherwin）就把他的故事寫成《美國的普羅米修斯》（*American*

Prometheus）一書，該書獲得了 2006 年普立茲傳記文學獎。著名導演路蘭（Christopher Nolan）更把該傳記改編成電影《奧本海默》。電影叫好叫座，最終更奪得 2024 年奧斯卡金像獎最佳影片獎。

奧本海默的故事固然精彩，但其實他妻子的一生同樣很有傳奇性。

奧本海默夫人的前半生

奧本海默夫人叫做凱瑟琳（Katherine），不過大家都叫她吉蒂（Kitty）。

吉蒂在遇到奧本海默之前有過三段婚姻，其中她的第二任丈夫是一個名叫達萊特（Joseph Anthony Dallet Jr.）的美國共產黨員。吉蒂受到丈夫的影響，亦曾經加入過共產黨。吉蒂這段經歷為她的生命帶來了不可磨滅的印記，奧本海默的敵人之後亦有利用吉蒂這早年的經歷來攻擊奧本海默。吉蒂與達萊特本來移居法國，不過後來達萊特參加了西班牙內戰中的共產主義軍隊，並在戰鬥中陣亡。之後吉蒂返回美國，在賓夕法尼亞大學攻讀植物學學位，並於 1939 年畢業。她在同一年遇到了奧本海默。當時她仍與第三任丈夫、一個名叫夏里遜（Richard Harrison）的英國醫生有婚姻關

檔案三
流血與血栓

係。其後，吉蒂與丈夫離婚，並於 1940 年 11 月 1 日與奧本海默結婚。

吉蒂與奧本海默結婚後不久，奧本海默就參與曼哈頓計劃，於是兩人移居到原子彈研究實驗室的所在地，美國新墨西哥州洛斯阿拉莫斯（Los Alamos）的沙漠中。

吉蒂在洛斯阿拉莫斯的生活並不愉快。作為一名受過訓練的植物學家，吉蒂覺得自己懷才不遇，無法發揮。再加上照顧兩個孩子的壓力，令吉蒂的情緒受到很大的困擾，更染上了酗酒的習慣。儘管如此，吉蒂一直都是她丈夫的重要支柱。在曼哈頓計劃進行得如火如荼之時及奧本海默之後被政府迫害期間，吉蒂和她的丈夫互相依靠，為彼此提供了堅實的支持。

樂極生悲之旅

奧本海默於 1967 年因喉癌逝世，終年 62 歲。

與此同時，另一位參與曼哈頓計劃的科學家瑟伯爾（Robert Serber）的妻子亦在差不多時間因為抑鬱症而自殺身亡。吉蒂與瑟伯爾兩人彼此支持，互舔傷口，漸生情愫。

　　他們買下一艘 16 米長的小型帆船，打算展開新的航程，共同橫渡太平洋——從紐約出發，經過巴拿馬運河、加拉巴哥群島（Galapagos Islands）、大溪地（Tahiti），一路航行到日本。這段令人心動的旅程最後卻是樂極生悲，當他們二人航行到中美洲的格林納達，橫過巴拿馬運河時，吉蒂出現呼吸困難與胸口痛的症狀。她被送往美軍的戈加斯醫院（Gorgas Hospital）治療，卻已是返魂乏術，最後她於 1972 年 10 月 27 日過世。醫生斷定死因是肺栓塞（pulmonary embolism）。

　　在她過世後，瑟伯爾把她的遺體火化，並將其骨灰撒在位於聖約翰（St. John）的大海中。這片大海就在奧本海默與吉蒂的故居附近。奧本海默死後，吉蒂也是把奧本海默的骨灰撒在同一片大海中。二人終於在死後再聚。

　　吉蒂的悲劇是一個天大的不幸，卻絕非單純的巧合。乘坐長途交通工具能夠誘發深層靜脈栓塞（deep vein thrombosis）與肺栓塞，這是一個常見的醫學現象。醫學界甚至為它起了一個專有的名稱——「旅行血栓症」（travel-related venous thrombosis）。

　　現代的交通發達，旅客如果想去外遊，大多會選搭飛機。因此大部分有關旅行者血栓的研究都集中在與乘坐客機相關的血栓，也就是所謂的「經濟客艙綜合症」（economy class syndrome）。

檔案三

流血與血栓

研究顯示，大約每 4,600 個乘搭長途機的旅客就有一人會得到旅行血栓症。各位讀者朋友可能很難具體化地理解這個數字，我們不妨試試套用一些實際數據去作分析。以位於香港赤鱲角的香港國際機場為例，機場在 2018 年的客運量逾 7,400 萬人次，我們假設當中的十分之一是乘搭長途機的旅客（史丹福非航空專家，十分之一這個數字是我自己胡亂作的估計，如各位有確實數據，請指教），那麼根據數字估計，當年曾在香港國際機場乘搭航班的旅客中，就有 1,600 位患上了旅行血栓症。這個數字實在是不容小覷的。

不過值得留意的是，「經濟客艙綜合症」雖然以經濟客艙來命名，但其實即使是乘坐商務客艙甚至是頭等客艙的旅客都有可能有同樣的疾病。再退後多一步，即使不是乘坐飛機，而是搭乘火車、汽車或船等其他交通工具，同樣可以誘發靜脈栓塞。一般來說，只要乘坐交通工具四小時或以上，靜脈栓塞的風險就會增加。吉蒂在乘坐帆船期間出現肺栓塞，這很有可能就是一宗旅行血栓症的個案。

其實不論是乘坐飛機、火車、汽車或船，血栓形成的機制都是相同的。靜脈血管並不是直接連接到心臟的心室中，所以靜脈血管內的血壓較低，並不足以推動靜脈血液的流動。因此，人體有另一機制去推動靜脈血液的流動，就是依靠肌肉的泵動。當肌肉收縮時，它就會擠壓靜脈，令裡面的血液流動。乘搭長途交通工具的人

很多時候都會長期靜止不動，這就令到靜脈血流失去了來自肌肉的推動力量，於是血流減慢。大家可以把靜脈血管想像成河流，當水流足夠時，河水中的沙石可以隨水而行，但當水流慢下來，沙石就會沉澱在河床中。同樣道理，靜脈血流足夠時，血液中的細胞隨著血液流動，當血流變慢，血小板就有較大可能接觸到血管內皮，凝血因子也會較易積聚，容易形成血栓。

靜脈栓塞大多先在下肢中發生，這臨床情況叫做深層靜脈栓塞。如果血栓只是局限在下肢，那麼病人並不會有生命危險。患者可能會有下肢紅腫與疼痛的症狀，但當血栓溶解後，症狀就會消失。不過假如栓子脫離了下肢的靜脈，那就糟糕透頂了。栓子會隨著血液循環走到肺部，阻塞肺動脈，引起可怕得多的肺栓塞。肺栓塞會影響肺部組織的氣體交換，令患者出現呼吸困難、胸痛。更甚的是，嚴重的肺栓塞會影響血液回流至左心房，進而影響心臟泵血至全身，令患者血壓降低、休克，並可以在短時間內死亡。

吉蒂很有可能就是在乘坐帆船時雙腳的肌肉活動減少，令靜脈血液的流動減慢。血栓於是悄悄地在她的下肢形成。當她的雙腳重新活動時，血栓就被移開了，血栓脫離了下肢的靜脈，隨著靜脈的血流一直流到肺動脈，最後引起了這個悲劇。

檔案三

流血與血栓

　　那麼，如果時間可以重來，根據現今的血液學知識，吉蒂有沒有方法去預防旅行者血栓這個悲劇呢？

　　根據英國血液學學會（British Society for Haematology）的指引（指引集中討論乘搭客機相關的血栓，不過正如之前所說，所有長途交通工具的情況其實都是大同小異），以下的幾個方法都有助減低出現旅行者血栓的風險。首先，旅客當然應該盡量在交通工具上多活動，以改善靜脈的血液流動。其次，雖然沒有直接證據顯示補充水分可以預防旅遊相關血管栓塞，然而理論上多喝水可以降低血液的黏度，因此旅客在交通工具上不妨多喝水。最後，如果乘搭長途交通工具的旅客屬於血栓的高危人士，也就是曾經有過旅遊相關或者無明確成因的血管栓塞病歷、短期內進行過重大手術或是患有癌症的病人，就應使用壓力襪及抗凝血藥物去預防血栓。

中西大不同

　　最後，值得一提的是，旅行血栓症這個情況在西方白種人中頗為常見，但在亞洲人中則較少出現。研究顯示，白種人深層靜脈栓塞的發病率是每年每十萬人口有103宗，亞洲人的發病率則是29宗，差不多只有白種人的四分之一。究竟為何如此呢？

　　原來亞洲人與西方白種人的凝血系統有所分別。正常人的體內會有天然的抗凝血物質去抑制凝血系統，防止血栓的形成。例如蛋白 C（protein C）與蛋白 S（protein S）會抑制凝血因子 V 及 VIII，而抗凝血酶（antithrombin）則會抑制凝血酶與凝血因子 X。但西方白種人常有一些特別的基因突變，令凝血物質不再被天然抗凝血物質所抑制。凝血物質於是就如脫韁野馬一樣，在沒有抗衡的情況下自行活動，因而較為容易形成血栓，這情況在臨床上被稱為易栓症（thrombophilia）。

　　西方常見的易栓症例子包括凝血因子 V 萊登（factor V Leiden）及凝血酶 G20210A（prothrombin G20210A）突變。這些突變令凝血因子 V 及凝血酶分別不再受到蛋白 C 及抗凝血酶等天然抗凝血物質所抑制，增加形成血栓的風險。這些基因突變在亞洲人中卻是絕無僅有的，這就可以解釋亞洲人與西方白種人的血栓症發病率的分別。

3.4

夏洛特公主的
三重悲劇

　　英國的前任威爾斯王妃戴安娜極受人民愛戴，她熱衷於社會事務，喜愛參與公益活動，而且風格親民，因而贏得了「人民王妃」的稱號。而她的「繼承人」，現任威爾斯王妃凱特亦同樣擁有極高人氣。她是首位出身平民的王妃，但不論穿著打扮或談吐舉止都非常優雅，因而被稱為「最優雅的平民王妃」。不過翻看英國王室歷史，首位「超人氣公主」也許是喬治四世的女兒，威爾斯的夏洛特·奧古斯塔公主（Princess Charlotte Augusta of Wales）。

　　夏洛特公主生於 1796 年。在她出生之時，她的父親喬治仍未登上王位，而是擔任當時的王儲威爾斯親王。夏洛特公主的母親則是賓士域公國（Duchy of Brunswick）的公主卡羅琳（Caroline）。在童話故事中，王子與公主總能夠有著美滿的結局，「live happily ever after」。可惜現實並不是童話故事，喬治親王與卡羅琳公主的婚姻只是政治婚姻，他們兩人不論是個性及興趣皆完全相反，令他們的婚姻迅速出現裂痕。喬治甚至在蜜月期間都帶著當時的情婦澤西伯爵夫人（Countess of Jersey）陪伴在

側。卡羅琳公主懷孕後，兩人便立即分居。在夏洛特公主出生後，喬治因為妻子沒有誕下兒子而相當不滿，他於是立下遺囑，表明死後遺產將全歸情婦所有，卡羅琳公主並沒有繼承權。卡羅琳公主對這段婚姻完全心死，她決定離開英國，於歐洲大陸繼續生活。喬治於是限制了女兒與卡羅琳公主聯絡與相見。

夏洛特公主雖然在一個破碎的家庭下成長，但她從小溫暖可人，性格非常討喜。英國國民都非常喜愛她，把她當成「英國甜心」。夏洛特公主的祖父喬治三世（George III）在晚年出現精神失常（喬治三世的故事收錄於史丹福的前作《血液狂想曲1——走進血液的世界》中），而父親則因為其窮奢極侈的生活及災難性的婚姻而被英國大眾所鄙視，令英國王室的民望跌至低點。不過夏洛特公主則為英國民眾帶來新的希望，民眾都期待她有一天可以登上王位，母儀天下。

夏洛特公主長大後下嫁德國薩克森—科堡—薩爾費爾德（Sachsen-Coburg-Saalfeld）的利奧波德王子（Prince Leopold，他後來成了比利時的首位國王利奧波德一世）。兩人的婚禮當天，倫敦人山人海，市民們都渴望為一對新人送上祝福。兩人非常甜蜜，夏洛特公主稱利奧波德王子為完美的情人。二人婚後繼續受到英國民眾愛戴，他們的所到之處總是充滿著群眾的歡呼聲與掌聲。很快，夏洛特公主就有喜了，舉國民眾都相當興奮。如無

檔案三

流血與血栓

意外，夏洛特公主及這位嬰孩日後都會成為英國的新國君。不料，這件舉國歡騰的喜事竟然是一件悲劇的開始。

悲劇收場

對於夏洛特公主懷孕一事，王室人員當然大為緊張。他們請來了著名的克羅夫特（Richard Croft）爵士當公主的主診產科醫生。克羅夫特非常有經驗，他於阿伯丁大學學醫，後來曾到過倫敦及牛津等地醫院行醫。他是著名產科醫生丹曼（Thomas Denman）的女婿，之後繼承了他的診所。

在夏洛特公主妊娠期間，克羅夫特以當時流行的方法為她調理身體，包括為公主放血、建議節食及服用輕瀉藥等。這些手法以今天的醫學知識來看當然相當無稽，但至少各個方法並沒有對公主及其胎兒的健康構成嚴重的影響，公主在孕期期間未出現太大問題。

而第一道令人不安的先兆就是公主懷孕到了第 42 週仍然未分娩。現代醫學上稱之為過期妊娠（postterm pregnancy）。由於胎兒在子宮內一直生長，體重增加，因而有可能發展成為巨大胎兒，令分娩變得困難。另外，過期妊娠有可能令胎盤功能減退，使胎兒無法獲得足夠的氧氣及養分，引致胎兒窘迫（fetal distress）的情況。

到了懷孕的 42 週加 3 天，夏洛特公主的羊水囊破裂。正常的分娩分為三個階段，又稱為三個產程，分別為子宮收縮、胎兒娩出及排出胎盤。一般來說，第一產程約 12 到 19 小時，第二產程約 20 分鐘到兩小時，第三產程約 5 至 30 分鐘。夏洛特公主的生產過程卻非常的長，子宮收縮的過程長達 26 小時，第二期分娩更維持了整整 24 小時。

克羅夫特已成功診斷出嬰兒有臀位（breech presentation）的情況，即胎兒的臀部朝向母親骨盆，俗稱「胎位不正」。但以當時的產科知識，克羅夫特可以做的並不多。當時未有剖腹生產及用藥引產的技術；產鉗剛被發明不久，但尚未被主流醫學所接受，克羅夫特亦沒有嘗試使用。其後，克羅夫特發現子宮分泌物變成綠色，顯示嬰兒情況惡劣，甚至可能已經死亡。夏洛特最終誕下一個九磅重的男嬰，但男嬰在誕下時已經沒有生命跡象。

雖然男嬰不幸死亡，但克羅夫特的任務還未完結，他仍然要繼續治理公主，確保她的安全。克羅夫特後來成功從夏洛特公主的子宮移除胎盤，公主的子宮亦已開始收縮。

正所謂禍不單行，夏洛特公主在胎兒娩出後不久開始嘔吐及頭暈，之後更感到呼吸困難，出現精神混亂，最終在當天誕下死胎之後的數小時內逝世，當時診斷的死因是產後出血。

檔案三

流血與血栓

本應是普天同慶的喜事竟然變成了國殤。主診醫生克羅夫特受盡千夫所指。有傳言指他在公主分娩期間睡覺，未有盡責照顧好公主。王室亦展開調查，調查結果是克羅夫特沒有疏忽，他已經用盡了當時醫學上的所有辦法去救治夏洛特公主。調查結果卻未能減少民間對他的質疑，克羅夫特最終抵受不住壓力，自殺而死。

這件悲劇奪去了夏洛特公主、男嬰及克羅夫特醫生這三條生命，非常不幸。後世稱這事件為「產科三重悲劇」。

淺談產後出血

產後出血看似是一個單純的產科問題，但其實當中亦牽涉到不少血液學的現象，值得我們多作討論。一般來說，教科書都把產後出血的原因歸納為「四個 T」，即 tone、trauma、tissue 與 thrombin，以方便醫護人員記憶。

Tone 是張力的意思。約 70% 的產後出血都是由於子宮收縮乏力，令子宮缺乏張力所致。它是產後大量出血最常見的成因。一般的孕婦在生產之後，子宮的肌肉就會收縮，壓迫著子宮內的小動脈，減少出血。如果子宮未能正常收縮，就有可能引起產後大量出血。

Trauma 則是指創傷。孕婦生產的過程中有可能弄傷生殖道，引起不同種類的生殖道裂傷，例如會陰撕裂及子宮破裂等。這些創傷都可能是產後出血的成因。

Tissue 一詞原本指組織，但這裡所講的是組織殘留的問題。如果胎盤組織未能在誕下胎兒之後完全排出，就會令子宮無法正常收縮，影響止血。

Thrombin 是凝血酶的意思，它是凝血系統的一部分。教科書借了 thrombin 一字去代表所有凝血系統及血小板的問題。

本書以血液學為主題，當然要花多一點篇幅談談凝血相關的問題。

少數孕婦有先天性遺傳凝血疾病，例如血友病（haemophilia）及溫韋伯氏疾病（von Willebrand disease）。這些疾病當然會影響凝血，引起產後出血。但懷孕本身的併發症亦可以引發後天的凝血問題，其中最惡名昭彰的是羊水栓塞（amniotic fluid embolism）引起的瀰漫性血管內凝血（disseminated intravascular coagulation，簡稱 DIC）。羊水栓塞是指羊水走到孕婦的血液中，由於對於孕婦的免疫系統來說，羊水是屬於外來的入侵者，於是免疫細胞會釋放大量發炎物質，並激發凝血系統。

檔案三
流血與血栓

在〈3.1 蘇軾 So Sick〉一文中已討論過，如果凝血系統在不適當的時候被激活，不單不能幫助止血，更會把凝血因子和血小板消耗掉，這臨床情況就是瀰漫性血管內凝血。羊水栓塞的致死率極高，死亡率高達 20.4%，而且患者可以在很短的時間內死亡。這個疾病雖然罕見，接近每 15,200 至 53,800 次生產中才有一宗個案出現，不過此病難以預防，也無法預料，一出現時病人往往已經血流如注，九死一生。

另外，約 10% 的孕婦有血小板減少的問題，其中絕大部分都由妊娠期血小板減少症（gestational thrombocytopenia）所引起。此病症的成因是懷孕的時候，孕婦的血漿容量增高，變相稀釋了血小板。這是一個無傷大雅的現象，病人的血小板只會輕微減少，甚少引起出血症狀。但懷孕有可能引起免疫系統的混亂，令免疫系統製造抗體去錯誤攻擊病人自己的血小板，這個疾病叫做免疫性血小板減少症（immune thrombocytopenia；或者稱免疫性血小板減少性紫癜，immune thrombocytopenic purpura）。此病會引起更嚴重的血小板減少，有可能導致產後出血。

另外，孕婦有可能患上一種名為妊娠毒血症（preeclampsia）的產科疾病，並併發 HELLP 綜合症。其中 HELLP 是 Hemolytic anemia、Elevated Liver enzymes、Low Platelet count 的簡

稱，即溶血性貧血、肝酵素指數上升及血小板減少的意思。顧名思義，血小板減少也是此病的重要特徵。

在夏洛特公主的年代，治療產後出血的方式相當有限，基本上就只有按壓出血部位。到了現在，醫生可以用的工具自然大大增加，例如利用藥物幫助子宮收縮、利用外科手術減少子宮血液供應或促進子宮收縮、利用介入放射學（interventional radiology）技術進行血管栓塞術（embolization）。而在血液學的領域中，纖維蛋白溶解抑制劑（antifibrinolytic agent）、氨甲環酸（tranexamic acid）及血漿、冷凍沉澱品（cryoprecipitate）、纖維蛋白原濃縮物（fibrinogen concentrate）等血液製品都是重要的止血工具。

另尋元兇

一直以來，夏洛特公主都被認定是死於產後出血，但事實上又是否如此呢？

根據夏洛特公主的解剖報告，她死後子宮內的血塊只有1.5磅，估計是來自約1.5品脫（pint）的血液，也就是大約850毫升的血液。這個出血量雖然比一般的生產稍多，但未足以致死。

　　1917 年，亨斯頓（R. Hingston Fox）醫生在著名的《刺針》（*The Lancet*）醫學期刊發文，首先提出夏洛特公主可能是死於肺栓塞（pulmonary embolism）。史丹福在〈3.3 奧本海默夫人的死亡之旅〉一文中已經介紹過肺栓塞。肺栓塞是靜脈栓塞（venous thromboembolism）的一種，靜脈栓塞經常在下肢中首先出現（這情況叫做深層靜脈栓塞，deep vein thrombosis），血栓脫離了下肢的靜脈走到肺動脈中，便會引起可怕的肺栓塞。肺栓塞是一個無聲的殺手，患者可以在很短時間內喪命。

　　長時間靜止不動是肺栓塞的重要風險因素。夏洛特公主的生產過程極長，單是胎兒娩出的過程已經長達 24 小時。可以相信，公主在這段時間內都只能靜止不動，這大幅增加了她得到肺栓塞的風險。

　　撇除了夏洛特公主很長的生產時間外，孕婦本身就比正常人更容易有血栓。這是因為子宮內的胎兒會壓著血管，影響孕婦的血流。而且孕婦的凝血系統亦有所變化，她們的纖維蛋白原（fibrinogen）、凝血因子 VIII 及溫韋伯氏因子（von Willebrand factor）水平都會上升。這原本是一個身體發展出來去預防孕婦出血過多的機制，不過有利必有弊，這個凝血系統的改變也大大增加了孕婦患有肺栓塞的風險，孕婦患有肺栓塞的機率可高達非懷孕婦女的 7 至 10 倍。

　　有鑑於此，現代的產科醫生一般都會建議孕婦在生產之後不要在床上休息太久，應該要盡早下床活動，以減低出現靜脈栓塞的風險。除此之外，醫生亦會評估孕婦有否其他血栓的風險因素，以判斷孕婦是否需要額外的措施去預防靜脈栓塞，例如穿著壓力襪及使用抗凝血藥物等。

　　但為何當年的醫生未能診斷出夏洛特公主死於肺栓塞呢？原來肺栓塞這個疾病直到1846年才被首次描述，也就是說在夏洛特公主死亡的年代，醫學界根本還未認識肺栓塞這個疾病。而負責解剖的醫生有檢驗過公主的肺部，卻沒有特地切開肺動脈去作檢查，那就自然無法提出相應的診斷。

　　從以上的討論，我們可以知道懷孕是一個非常複雜的醫學狀況，孕婦會出現環環相扣的生理轉變，並打破出血與止血的微妙平衡。某些孕婦偏向容易出血，某些孕婦則偏向容易出現血栓。產科醫生必須要小心翼翼地拿捏好這個平衡，並在有需要時尋求血液學醫生的意見，才能確保孕婦的安全。

被改寫的歷史

　　夏洛特公主之死令英國失去了一位潛在的好女王，也失去了一次重振王室聲望的機會。因為夏洛特公主在當時是僅次於他父

親的王位第二順位繼承人，所以她的死也造成了一場英國王位繼承危機。當時各個王室成員都有多生育去傳宗接代的壓力，其中愛德華王子（Prince Edward）就因此而離開了情婦並娶了夏洛特公主生前的丈夫利奧波德王子的姐姐維多利亞公主（Princess Victoria）為妻，並誕下了一個公主。

夏洛特公主的父親喬治其後登位，成為國王喬治四世（George IV）。由於喬治四世除了夏洛特公主之外並沒有其他兒女，因此王位傳給了他的弟弟，即威廉四世（William IV）。威廉四世同樣沒有合法子嗣繼承王位（雖然他有不少私生兒女），結果英國王位就落到了他的姪女，也就是愛德華王子的女兒手上。

歷史也許在冥冥之中自有定數，經過一番轉折，英國的王位終於也是落入一個女性之手，而且她將是英國史其中一位最偉大的君主。在她的統領之下，英國國力將迎來史無前例的高峰。她就是你我都非常熟悉，鼎鼎大名的維多利亞女王（Queen Victoria）。

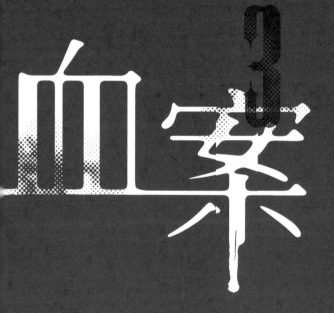

血液與傳染病

4.1

香港熱

　　《血案》系列中的歷史故事橫跨古今中外。不過史丹福在每部作品中都總喜歡花一些篇幅談談屬於香港人自己的本土歷史。因為我覺得如果你熱愛這片土地的話，你必須要從源頭出發，從歷史中找回這個地方的獨特性，並從中找回自己的根。

　　香港位處亞熱帶地區，又濕又熱，蚊蟲為患，病菌亦很容易滋生。香港的早期歷史都與疫症有著千絲萬縷的關係。史丹福在《血案——歷史中的血液學個案》一書中介紹過鼠疫如何影響香港中西區，特別是太平山街一帶的發展。但如果我們再把時間線向前移幾十年，就會發現原來香港在剛開埠的時候已經受過另一輪疫症的攻擊，疫症甚至打亂了英國政府為香港開埠的計劃，為香港的發展帶來了難以言喻的影響。

香港開埠初期的神秘疫症

　　眾所周知，中英因為鴉片貿易問題而爆發鴉片戰爭。1841 年1 月，英國駐華商務總監查理·義律（Charles Elliot）與滿清

的欽差大臣琦善進行談判，在清廷與英國不知情下草擬《穿鼻草約》。草約的其中一項內容就是清廷割讓香港島給英國。不過在草約未正式簽訂之前，英方已經單方面公布草約，並派船艦率先搶佔香港島。

1841 年 1 月 26 日，英國皇家海軍登陸水坑口。英方以維多利亞女王之名命名這片土地，英軍在水坑口附近的高地舉行簡單的升旗儀式，這天也成了香港正式開埠的日子。

然而，英軍在香港正式開埠不久後就已經嚐盡疫症的苦頭。

神秘的疫症在 1843 年 5 月開始出現，患者有發燒、發冷、頭痛、疲倦等的徵狀，病症最初主要集中在西角軍營（水坑口一帶）及城東的黃泥涌（今日的跑馬地一帶）。之後 8 月又出現了第二波疫情，疫症蔓延全城。由於疫症在香港大幅流行，令它得到「香港熱」（Hong Kong fever）的稱號。

最終，這場疫症造成了近四分之一的英軍軍方人員及一成的洋人居民死亡。在受影響的軍團中，死亡率最高的大概是第 55 步兵團，該步兵團共有 526 名士兵，其中竟然有高達 242 人病死。官方並沒有統計到華人的感染及死亡比例，不過理論上都應該與洋人接近。

檔案四
血液與
傳染病

究竟這場疫症的元兇是甚麼呢？以現代醫學來看，它很可能是我們在《血案》系列中多次談及的瘧疾。瘧疾由稱為瘧原蟲（*Plasmodium*）的寄生蟲引起，並透過瘧蚊傳播。瘧原蟲經過蚊子進入患者的身體後，會經歷一個很複雜的生命周期，當中牽涉到感染紅血球。當它們成長到適當的階段時，就會令紅血球破裂，再感染其他細胞，並且不斷重複這循環，這就造成了患者反覆發冷之後又發熱出汗的情況。由於瘧疾會感染紅血球，所以診斷瘧疾需要利用顯微鏡去檢驗紅血球。因此血液學醫生及血液學的醫務化驗師必須要對瘧疾非常熟悉。

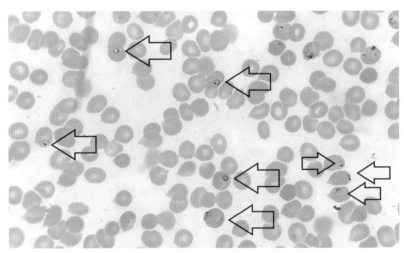

圖 4.1.1　瘧疾患者的周邊血液抹片，箭頭標示著部分被惡性瘧原蟲（*Plasmodium falciparum*，其中一種瘧原蟲的品種）感染的紅血球，這種寄生蟲在顯微鏡下恍似一個紫色的環

　　那麼為甚麼開埠初期會出現如此嚴重的瘧疾疫症呢？其中一個原因可能與《南京條約》的生效日期有關。話說《南京條約》雖然在 1842 年已經正式簽署，但要到 1843 年才正式生效。在條約正式生效之前，英方並未開始在香港投入太多資源，因此興建的設施都是簡陋的臨時設施，它們並沒有足夠的排水與通風系統，令到很多工程地盤都有污水積聚的情況。瘧蚊容易在這環境滋長，間接促成了疫症的流行。

放棄香港？

　　英國在香港開埠初期已經出師不利，某些英國官員甚至因為這場瘧疾疫症而萌生出放棄香港的想法。

　　話說香港從來都不是英國作為殖民地的首選目標。英國原先的目標其實是上海以南、位處浙江的舟山島。只不過活躍廣州和華南的英國官員和商人看到香港的潛力，而義律之後與琦善談判時在未經倫敦的批准之下就擅自提出割讓香港的條款，才揭開了香港受英國殖民統治的序幕。很多英國官員根本不看好香港，認為香港為英國帶來的商業、軍事及政治利益都相當有限。而疫症的出現更令到這些官員有了一個有力的論據。香港庫務司馬田（Robert Montgomery Martin）是其中一名最用力「唱衰」香港的官員。

檔案四

血液與
傳染病

馬田曾經接受過醫學訓練，並且到過東非、印度、錫蘭、澳洲等地，對熱帶病有一定認識。不過當時的醫學界並未知道瘧疾的成因，並把它歸咎於瘴氣（miasma），即環境中的有毒氣體。馬田認為香港的地理環境令香港充滿瘴氣，是「致命之島」，所以根本不適合歐洲人居住，他認為英國人必須盡快撤離香港。除了醫學原因外，馬田亦歸納了政治、軍事、商業、地理等的因素，發表了一份《香港島報告》。該份報告全面否定了香港的價值，把香港踩得一文不值。

當時的英國戰爭及殖民地大臣史丹利（Edward George Geoffrey Smith-Stanley）勳爵在閱讀完報告之後感到非常震驚，他要求時任港督戴維斯（John Francis Davis）回應報告中的指控，否則就會停止向香港批出撥款。幸好戴維斯力挽狂瀾，成功說服史丹利繼續維持香港的殖民計劃，否則香港也無法由當天的小漁村發展成一個國際大都會。順帶一提，香港的赤柱其英文名稱為 Stanley，這名稱就是來自史丹利勳爵的名字。

港督戴維斯對馬田非常不滿，向史丹利勳爵表示他工作怠慢及越權，希望把他革職。馬田之後辭職，並親身到倫敦游說其他官員放棄香港，卻始終未能成功。

金鐘與半山——被瘧疾改寫命運的地區

雖然瘧疾最後並沒有令到英國放棄香港,不過它還是徹底地影響了香港的城市發展。其實被影響得最深的兩個地區就是金鐘與半山。

先談談金鐘。金鐘的英文名稱是 Admiralty,大家知不知道這名字從何而來?Admiral 是指「海軍司令」,而 Admiralty 就是「海軍部」的意思。金鐘一直以來都是軍事用地,直到英國國防部於 1959 年決定縮減海軍船塢的規模,金鐘的部分軍事用地才被騰出給香港政府重新規劃發展。在此之前,金鐘一帶全是軍事用地,各行各業的公用及商業設施,一律不得興建在其中。金鐘的軍事限制分隔了中環與灣仔兩個重要的區域。站在城市規劃的角度來說,這是相當不理想的,但究竟為何會有這個現象出現呢?

原來 1843 年的瘧疾疫情大舉侵襲西角軍營,令到軍方不得不放棄此軍營。軍方想重置軍營,並看中了金鐘,不過時任的港督砵甸乍(Henry Pottinger)表示反對。無奈疫情的消息傳到倫敦,令砵甸乍失勢。倫敦方面都支持軍方,最終軍營被搬到金鐘一帶,附近全都被納入成為軍方的用地。

另一個被疫症改寫了命運的地區是半山區。

檔案四

血液與
傳染病

　　原來當年疫症爆發時，半山山腰的一所監獄的囚犯在疫情下安然無恙。當時的英國人並不知道瘧疾傳播途徑，便以為居住在地勢較高的半山區能夠避免感染瘧疾。於是在 1844 至 1845 年的街道重組計劃中，英國人沿山開發，把華人從半山區趕到地勢較低的太平山區，半山區成了只供歐洲人居住的地方。這場疫症把香港本來沿著海岸線水平發展的趨勢改寫成垂直發展的格局。久而久之，居住在半山區便慢慢成了達官貴人的身份象徵。直到今天，這個標籤依然存在。

香港到現在還有瘧疾個案嗎？

　　香港曾經瘧疾橫行，當時很多英國人都認為香港是人間煉獄，對香港避之則吉。香港瘧疾流行的情況一直維持到 20 世紀初期。當時，在香港因感染瘧疾而住院的英軍一度比駐守印度的英軍還要多，由此可見瘧疾的問題有多嚴重。

　　而改寫這局面的關鍵在於羅斯（Ronald Ross）的研究。羅斯是位在印度進行熱帶病研究的軍醫。他在 1897 年在蚊子的腸道裡發現瘧原蟲，並因此而發現瘧疾的傳播媒介是蚊子。他因此而獲得 1902 年諾貝爾生理學或醫學獎。他的發現為人類提供了對抗瘧疾的利器──要消滅瘧疾，只需要消滅蚊子就可以了。

1930 年，港英政府成立瘧疾局，負責控制瘧疾。政府大力滅蚊，又把許多沼澤填平，令到傳播瘧疾的瘧蚊（*Anopheles*，又稱按蚊）難以繁殖。到了 70 年代，工作出現了明顯的成效，香港的本地瘧疾傳播已幾乎絕跡。

到了今天，香港已經是高度發展的城市，適合瘧蚊滋生的環境很少。瘧蚊一般在未受污染的山溪中滋生，所以只會在人煙稀少的偏遠地方出現。根據政府的資料，除了 2006 年及 2021 年在偏遠地區（2021 年在大欖涌水塘）發現瘧蚊之外，香港都未有發現瘧蚊。而衞生防護中心自 1999 年至今也無發現本地傳播個案。

雖然如此，香港作為一個國際都市，每年都有大量旅客進出，而且香港人亦喜歡外遊，所以香港偶爾都會有一些瘧疾的輸入個案，這些個案主要來自東南亞、非洲及大洋洲。根據衞生防護中心的數據，香港的瘧疾個案長期維持在約每年 10 至 30 宗。2020 年及 2021 年，香港因為 2019 冠狀病毒病的流行而實施旅遊限制，令這兩個年度的瘧疾個案一度下降至個位數字。2022 年，香港曾經因為特殊的原因而在一個月之內（即 2022 年 8 月）錄得高達 162 宗瘧疾個案，最終香港在 2022 年共錄得 196 宗個案。有興趣的讀者可於網上搜尋當時的新聞報道，了解更多。

檔案四
血液與
傳染病

李察三世
肚子裡的蟲

　　在許多人的心目中，李察三世（Richard III）是英國史上最惡名昭彰、臭名遠播的國王之一。

　　他於1483至1485年擔任英格蘭國王，在位兩年，最後於包斯渥原野戰役（Battle of Bosworth Field）中被亨利七世（Henry VII）擊敗，戰死沙場，為玫瑰戰爭（Wars of the Roses）這場英格蘭內戰畫上句號。

　　後世對李察三世的認識主要來自摩爾（Thomas More）所著的史書《李察三世史》（*The History of King Richard III*）。英國的文學巨匠莎士比亞（William Shakespeare）亦受摩爾的作品所啟發而創作出劇本《李察三世》。

　　在莎士比亞筆下，李察三世被描述成一個徹頭徹尾的反派角色。他醜陋無比，駝背、手臂萎縮、跛腳，樣貌醜得連自己都不敢直視。他是個篡位者，為了鞏固權力，他把先王愛德華四世（Edward IV）留下的兩個年幼小王子，亦即自己的親姪兒關進

倫敦塔，後來還下令殺死他們。他在包斯渥原野戰役中戰敗後，高呼：「一匹馬，一匹馬！我用我的王國換一匹馬。」（A horse, a horse! My kingdom for a horse!）。他在死前卑微得甘願用整個王國去換一匹馬逃走，惡人終於獲得他應有的報應，令觀看該劇的觀眾看得好不痛快。

為李察三世翻案

然而，李察三世是否真的如此一面倒地壞呢？

事實上，有不少人都對此提出質疑。質疑者認為摩爾所著的史書《李察三世史》中的資料大多都是來自李察三世的政敵莫爾頓（John Morton）。再者，摩爾是在都鐸王朝（House of Tudor）中長大的人，因此他的史觀難免包含了都鐸王朝的觀點，而都鐸王朝正是擊敗李察三世的王朝。

1924年，一群業餘歷史愛好者就在民間創立李察三世協會（Richard III Society），收集有關李察三世的歷史研究資料，嘗試為李察三世討回公道。

為李察三世翻案的書籍也有不少。在眾多為李察三世翻案的作品中，以鐵伊（Josephine Tey）在1951年所著的《時間的女

檔案四
血液與
傳染病

兒》（*The Daughter of Time*）最為著名。雖然《時間的女兒》是一本推理小說，而非正式的學術歷史著作，但該書的資料搜集認真，引用了大量第一手史料，因而引起廣泛的討論。

《時間的女兒》提出了幾個論點來推翻李察三世的既有壞形象。

首先，就謀殺親姪兒一事，鐵伊發現李察三世與小王子的母親，也就是愛德華四世的遺孀關係良好，他們二人甚至會共同出席各個交際舞會。在李察三世戰死後，奪得王位的亨利七世宣布李察三世的各項罪狀，當中竟然沒有包括殺害小王子。如果李察三世真的犯下了此罪，李察三世的敵人又怎會不捉緊此點去攻擊他呢？根據這些證據，當時兩位王子可能還是活著，只是下落不明。當時並沒有很明確的證據顯示李察三世謀殺親姪兒。直到亨利七世登上王位 20 年後，一個過去的李察三世手下才「坦承」自己受李察三世所指使而殺害王子。這個手下之後未經公開審判而被秘密處決，整件事的疑點頗多。

此外，李察三世對政敵頗為寬容，例如史丹利（Thomas Stanley）爵士曾經背叛過他，但李察三世卻寬恕了他。結果史丹利爵士在包斯渥原野戰役中再次倒戈相向，令李察三世戰敗。不單如此，約克鎮的居民更在李察三世死後，曾經寫過：「仁慈又有智慧治理我們的李察……全城致上深痛的哀悼。」這顯示他管治的人民很愛戴他，與莎士比亞筆下的邪惡國王形象不符。

鐵伊在《時間的女兒》一書中提出的論點遠不止於此。不過由於篇幅所限，史丹福就只介紹上述的幾個論點。

尋找李察三世的骸骨

要研究李察三世的外形和生平，最直接的方法當然莫過於直接研究他的遺體。然而，他遺骸的去向一直成謎。

根據記載，在包斯渥原野戰役後，李察三世的屍體被遊街示眾，之後被草草葬於列斯特郡的聖方濟修道院（Franciscan Friary）前。該教堂後來被夷為平地，李察三世的遺體自此下落不明，有傳聞指他的屍體被人掉下附近的索爾河（River Soar）。

李察三世協會的成員、業餘歷史愛好者蘭利（Philippa Langley）嘗試尋找李察三世的遺體。她發起了「尋找李察項目」（Looking For Richard Project），籌款去資助發掘李察三世骸骨的工作。她與李斯特大學的考古研究小組合作，翻查史料，最終斷定當年的聖方濟修道院遺址可能座落於列斯特郡的一個停車場下。考古研究小組在 2012 年於停車場進行勘探工作，最終在該處發現一副骸骨。團隊透過 DNA 檢測技術，確認骸骨的主人就是李察三世。

檔案四
血液與
傳染病

該副骸骨顯示，李察三世雖然有脊柱側彎（scoliosis），但手臂的骨骼正常，並沒有萎縮。這又再一次顯示了莎士比亞的劇作雖然是偉大的文學作品，但裡面有很多創作成分，因此大家不能把它完全當作史實去了解歷史。

肚子裡的蟲

既然學者已經成功找到了李察三世的遺體，自然可以對它進行多些科學研究，使我們更了解李察三世的生平。

由米契（Piers D. Mitchell）博士帶領的劍橋大學團隊對李察三世的飲食習慣很有興趣。他的團隊挖出骨盆中的骶骨（sacrum）位置，該處是他在生時結腸所處的地方。團隊把骶骨樣本分解並放在光學顯微鏡下進行分析，結果在樣本中找到多顆似是俗稱蛔蟲的蚓蛔線蟲（*Ascaris lumbricoides*）的卵。這顯示李察三世在生前感染了蛔蟲。

蛔蟲是種頗為常見的寄生蟲。牠經由糞便傳播，並寄生在人的小腸中，吸取腸內半消化食物中的營養物質生存。因為蛔蟲吸取了食物的營養物質，患者可能會有營養不良的問題。

　　蛔蟲與史丹福在《血案》系列其他作品中介紹過的寄生蟲〔瘧原蟲（*Plasmodium*）、布氏錐蟲（*Trypanosoma brucei*）、克氏錐蟲（*Trypanosoma cruzi*）和班氏絲蟲（*Wuchereria bancrofti*）等〕不同，牠不會出現在血液中。不過牠依然會引起血液的變化（否則史丹福也不會把文章收錄在書中吧！）。蛔蟲及其他的寄生蟲感染都可以令血液內的嗜酸性白血球（eosinophil）增多（圖 4.2.1）。

　　嗜酸性白血球是白血球的一種。它的主要作用是對抗寄生蟲感染及製造敏感反應。既然嗜酸性白血球負責攻擊寄生蟲，那麼寄生蟲感染自然會誘發身體多製造嗜酸性白血球。因此，醫生遇到嗜酸性白血球增多的病人時，一般都會根據病人的病歷去評估病人患上寄生蟲感染的可能，並為病人檢查糞便中是否有腸道寄生蟲的卵（ova）與囊體（cyst）。

　　值得一提的是，寄生蟲感染並不是唯一一種會令嗜酸性白血球增多的疾病，其他疾病還包括過敏反應（哮喘、濕疹、藥物過敏）、皮膚病、自身免疫系統疾病及某些血液癌症（特別是 *PDGFRA*、*PDGFRB* 或 *FGFR1* 基因變異引起的血液癌症）。

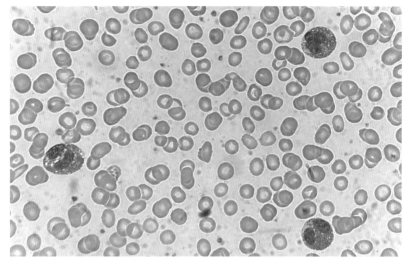

圖 4.2.1　腸道寄生蟲患者的周邊血液抹片，抹片中的白血球都是嗜酸性白血球，
它們的細胞質內有橙紅色的顆粒

　　蛔蟲本身很少引起嚴重的臨床問題，但牠誘發的嗜酸性白血球增多症卻是可以致命的。一般來說，如果嗜酸性白血球的數量高於 $1.5 \times 10^9/L$，它們就有可能侵入心臟、肺部、腸臟等器官，造成破壞，症狀包括疲倦、咳嗽、氣喘、肌肉疼痛、發燒等，嚴重的話甚至會危及性命。遇上這情況時，醫生除了需要使用治療寄生蟲感染的藥物外，還可以使用類固醇去幫助降低嗜酸性白血球的數量。

　　研究團隊發現李察三世患有蛔蟲感染，這又如何幫助我們理解李察三世的飲食習慣呢？是否代表他的飲食很不衛生？

　　非也。原來在李察三世所處的中世紀時代，寄生蟲感染是很常見的。牛肉、豬肉、魚肉都是中世紀貴族常進食的食物。牛肉常有無鉤條蟲（*Taenia saginata*），豬肉常有豬肉條蟲（*Taenia solium*），魚肉常有廣節裂頭條蟲（*Diphyllobothrium latum*）。不過李察三世只有蛔蟲這一種腸道寄生蟲感染，這可能恰恰反映了李察三世的飲食衛生情況良好，食物普遍都經煮熟。

歷史的教訓

　　李察三世的名聲可以稱得上是「來回地獄又折返人間」。他被摩爾所著的史書及莎士比亞的劇本描述成一個徹頭徹尾的反派角色，直到近年才有進一步的歷史研究重新審視他的功過，並發現過往有很多對他的批評可能都存有偏頗。

　　這件事教訓我們，歷史是由勝利者所寫的，難免會存有偏頗。有些政權為了鞏固權力，甚至會用不同的手段去壓制不利他們的歷史觀點，並禁止人去提出與官方史觀有所不同的歷史討論。因此我們在研讀歷史資料時，必須要抱著開放的態度，了解多方面的資料，並避免先入為主地被官方史觀所影響。

4.3

釋迦牟尼的
涅槃

釋迦牟尼涅槃是佛教歷史中的重要事件。

「涅槃」是佛教用語。對於一般人來說，涅槃是死亡的意思。不過對於學佛之人來說，涅槃不是死亡，而是與死亡大相逕庭的超脫境界，是一個超越生死的悟界。

相傳釋迦牟尼年老之時，知道自己將要謝世，他帶同弟子去到拘尸那伽的跋提河邊，由弟子阿難為他在林中的娑羅雙樹之間準備好床位。釋迦牟尼之後頭朝北，面朝西，以側臥的姿態臥於床上。他的右手支著頭，左手放在身，兩足上下重疊，對諸弟子作出最後的教誡，之後便安詳地進入了涅槃。

根據佛教的理論，釋迦牟尼本是凡人，只不過他解脫了煩惱障及所知障而成佛。釋迦牟尼佛就曾經說過：「人人皆可成佛。」一切眾生只要通過修行，都有成佛的可能。

既然釋迦牟尼曾是凡人，他自然也要經歷眾生的生老病死。他一樣會受到血液的影響，與血液有所牽絆。

　　既然如此，我們倒不如回顧一下釋迦牟尼的一生，並看看血液在當中扮演了怎樣的角色。

成佛之路

　　釋迦牟尼本名喬達摩‧悉達多（Siddhārtha Gautama），出生於現今尼泊爾南部的王族家庭。當時，他的出生地屬於釋迦族統治的迦毗羅衛。釋迦牟尼的父親是迦毗羅衛淨飯王。

　　釋迦牟尼年輕時曾經過著舒適的生活。有一次，釋迦牟尼在城外的四周村落考察遊覽，見到不同的人，包括老人、病人、死者與僧人，令他認識到人間生老病死的苦惱，佛教稱這段經歷為「四門之遊」。

　　釋迦牟尼後來決定離開王宮，出家求道。不過他在山中苦行六年，仍然未得到解脫。直至他在菩提樹下靜坐了七天七夜，夜睹明星而得道開悟，最終成佛。

　　在悟道成佛之後，釋迦牟尼走遍印度各地，積極傳教，辛勤講法，吸引了大批信徒。

檔案四
血液與
傳染病

涅槃之前

佛教的《大般涅槃經》對釋迦牟尼涅槃前的經歷有較詳盡的描述，這些描述可以幫助我們尋找蛛絲馬跡，明白釋迦牟尼的身體狀況。

在釋迦牟尼踏入 80 歲時，他已經歷了 40 多年的傳道生活。他覺得自己已經教化了很多弟子，也救度了很多人脫離苦海。他的傳道任務已大致完成，於是宣布自己將在三個月後進入涅槃。

釋迦牟尼似乎沒有甚麼慢性疾病的症狀，不過他在涅槃前卻經歷了一次急性疾病。據記載，當進入雨季後，他的身體出現了致命的刺痛，但釋迦牟尼以正念克服了疼痛。之後釋迦牟尼完全康復了，這次疾病似乎與他最終的涅槃沒有關係。由於經文中的描述太少，我們很難猜測這次的致病成因是甚麼，它也許是感染、發炎、心血管疾病，甚至是癌症。

度過雨季後，釋迦牟尼帶領弟子往西北行，到了末羅國的波婆村。在那兒，他接受了一個虔誠信徒，名叫純陀的鐵匠的款待。在吃過了純陀提供的食物後，他出現了急劇的腹痛，病徵約在進食後的 12 個小時內出現。他催促弟子們抓緊時間去拘尸那伽城。

　　純陀見到便懷疑並擔心釋迦牟尼的情況是因他的食物而引起的，令他感到非常自責。釋迦牟尼於是對弟子說道：「……此兩次的齋供有同樣果報、同樣利益，比其他大果報、大利益為更大。云何為兩次？一次是當如來進餐後成無上正等正覺，另一次是當彼進餐後入無餘涅槃界而取涅槃。這兩次齋供有同樣果報、同樣利益，比其他大果報、大利益為更大……」釋迦牟尼認為他平生接受過的供養之中，有兩次的果報最大，純陀給他的供養是其中一次。顯然，他不但沒有怪罪於純陀，反而對他的行為心存感激。

　　在前往拘尸那伽城那 15 至 20 公里的途中，釋迦牟尼出現了血性腹瀉，並有口渴、虛弱、感到冰冷等的症狀。在醫學上來說，這些症狀與脫水、低血容量（hypovolaemia）及休克（shock）相符。

　　之後的故事就如文初的描述，釋迦牟尼在拘尸那伽的跋提河邊，以側臥的姿態臥於床上，安詳地迎接他的涅槃。

涅槃的原因

　　雖然釋迦牟尼很感激純陀給他食物，並認為他的功德無比，但從醫學的角度，純陀給他的食物明顯與他的疾病有很密切的關係。食物似乎是破解釋迦牟尼涅槃原因的關鍵。

檔案四

血液與
傳染病

其實，釋迦牟尼可能也知道食物的危險。他堅持食物只由他自己一個食用而不分給其他僧侶，多出來的食物被埋在地下。釋迦牟尼也許只當食物是幫助他達至涅槃的途徑。

根據《大般涅槃經》的描述，純陀給他食物是「蘇迦拉摩達伐」（Sukara-maddava），直譯的話就是「豬軟」的意思。「豬軟」這個字非常含糊，究竟何謂「豬軟」呢？現時存在兩個學派的說法，一派認為「豬軟」是指豬身體軟的部分，那麼最有可能的就是豬肉；另一派則認為「豬軟」是指豬喜愛吃的柔軟食物，即是菇、松露、甘薯等。

湯馬士・陳（Thomas S. N. Chen）與彼德・陳（Peter S. Y. Chen）這兩位來自美國的醫生對釋迦牟尼的生平很有興趣，並發表過幾篇與釋迦牟尼有關的醫學文章，其中一篇就是分析他涅槃的經過，該篇文章刊登在《醫學傳記期刊》（*Journal of Medical Biography*）上。該文章指出釋迦牟尼吃的食物較大可能是豬肉，因為菇、松露、甘薯等食物很難解釋到急性血性腹瀉及其他病徵。

不少菇類食物都有毒素，有些甚至會引起嘔吐及腹瀉的症狀，例如純黃白鬼傘（flowerpot parasol）、綠褶菇（green-gilled parasol）、黃硬皮馬勃（yellow earthball）以及淡黃竹蓀（yellowish stinkhorn）都是含有刺激腸胃的毒素的菇類。一旦

進食，病人會在六小時內出現嘔吐、腹瀉、腹痛及噁心等類似食物中毒的症狀，不過這些毒素並不會引起釋迦牟尼的急性血性腹瀉。豬肉則容易被細菌污染，如果未經徹底煮熟，很容易就會引起感染性痢疾。

文章又繼續分析各種引起感染性痢疾的常見致病原，包括志賀氏桿菌（*Shigella*）、腸侵襲性大腸桿菌（enteroinvasive *Escherichia coli*）、赤痢變形蟲（*Entamoeba histolytica*，阿米巴變形蟲的一種）、彎曲桿菌（*Campylobacter*）等。不過這些致病原的潛伏期都超過 16 小時，與釋迦牟尼進食後 12 小時內出現症狀不符。

最後，文章提出最有可能的致病原是 C 型產氣莢膜梭狀芽孢桿菌（*Clostridium perfringens* type C）。產氣莢膜梭狀芽孢桿菌可產生孢子，這些孢子能抵受熱力，承受烹煮溫度。即使肉類已經煮熟，如果在烹煮後長時間把它們放在室溫下，孢子可以再發芽並繁殖增長，造成污染。C 型產氣莢膜梭狀芽孢桿菌可以製造 β 毒素，毒素會引致小腸中的絨毛及黏膜壞死，在短時間內造成嚴重的出血性腹瀉，這種情況叫做梭狀芽孢桿菌壞死性腸炎（Clostridial necrotizing enteritis）。在巴布亞新幾內亞（Papua New Guinea），每當當地的居民舉行「殺豬節」的慶祝活動，就會進食大量豬肉，令梭狀芽孢桿菌壞死性腸炎的個案急劇

上升。因此，這疾病在當地又有「豬貝」（pig-bel）的稱號。這名稱也突顯了梭狀芽孢桿菌壞死性腸炎與豬肉的關係。

梭狀芽孢桿菌壞死性腸炎與釋迦牟尼所患的疾病的傳病媒介、潛伏期與病徵都吻合，令兩位陳醫生最終得出此結論。

梭狀芽孢桿菌壞死性腸炎的患者有時候甚至會有敗血症（sepsis）的情況，即致病菌侵入血液循環，並在血液中生長繁殖。產氣莢膜梭狀芽孢桿菌敗血症非常可怕，因為除了剛才提及的 β 毒素外，這種細菌還可以產生 α 毒素。α 毒素可以與神經磷脂（sphingomyelin）及卵磷脂（lecithin）等紅血球膜上的化學物質發生反應，破壞紅血球膜的化學結構，最終引起血管內溶血。

被攻擊的紅血球會由正常的雙凹形（此時在顯微鏡下，紅血球中間部分顏色較淺，因為這部分所包含的血紅蛋白較少）變成微小的球形（中間淡色的部分不見了）。這些受到破壞的紅血球被稱為微球紅細胞（microspherocyte）。

大家可以參考一下以下的周邊血液抹片。圖 4.3.1 來自一個正常人，圖 4.3.2 來自一個患有梭狀芽孢桿菌敗血症相關溶血性貧血的病人。大家可以見到，圖 4.3.2 抹片中的紅血球變小，顏色變濃，且中間淡白色的部分消失了。

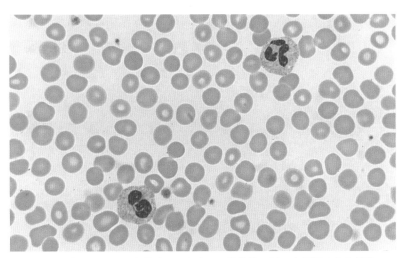

圖 4.3.1　正常人的周邊血液抹片，紅血球呈正常的雙凹形，中間部分顏色較淺

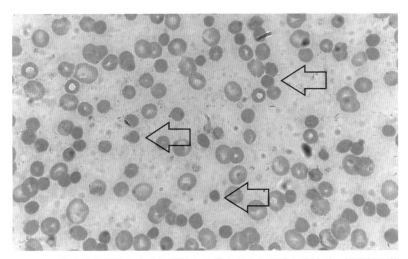

圖 4.3.2　梭狀芽孢桿菌敗血症相關溶血性貧血患者的周邊血液抹片，箭頭標示著
　　　　　部分微球紅細胞，它們外形變小，顏色變濃，且中間淡白色的部分消失

檔案四
血液與
傳染病

　　梭狀芽孢桿菌敗血症所引起的溶血大多非常嚴重，病人的血紅蛋白濃度可以以極快的速度下降。史丹福就曾見過一名患有梭狀芽孢桿菌敗血症病人的血紅蛋白濃度在半天內由約 12g/dL 下降到約 6g/dL，非常可怕。梭狀芽孢桿菌敗血症所引起的溶血症的死亡率極高，一份在 2014 年刊登於《重症加護醫學期刊》(*Journal of Intensive Care Medicine*) 的研究報告顯示，即使到了醫學技術先進的現代，這種溶血症的死亡率仍然高達 74%。

　　因此我們可以繼續推斷，假如兩位陳醫生的推測正確，釋迦牟尼真的因為進食受污染的豬肉而出現梭狀芽孢桿菌壞死性腸炎的話，他甚至有可能同時有敗血症，這種特殊的敗血症會令他出現嚴重的溶血性貧血。他涅槃前的虛弱症狀除了可以以脫水、低血容量所解釋，亦可以以貧血所解釋。

　　當然，以上的推測只是基於經文的記載，證據其實相當薄弱。釋迦牟尼的遺體之後經過火化而成為舍利。由於他的遺體沒有被保存下來，相信我們永遠都無法知道他離世的確實原因。

　　不過，相信釋迦牟尼自己也並不在意他離世的原因。對他來說，這只是能入涅槃的途徑。他所嚮往的是超越生死的悟界，是一個終極的解脫。

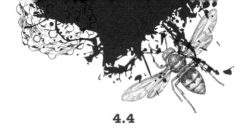

4.4

鄭成功在台灣
留下的印記

人類嗜 T 淋巴球病毒 1 型（human T-lymphotropic virus 1，簡稱 HTLV-1）是一種在血液學領域中臭名遠揚的病毒，它會引起一種名為成人型 T- 細胞白血病／淋巴瘤（adult T-cell leukaemia/lymphoma，簡稱 ATLL）的可怕血液癌症。

這種病毒幾乎只在日本出現，然而台灣亦有著一定數量的感染者。為何如此呢？有學者就認為這可能是台灣「國姓爺」鄭成功在當地留下的「印記」。

HTLV-1 病毒與成人型 T- 細胞白血病／淋巴瘤

在討論 HTLV-1 病毒與鄭成功的關係前，我們不妨簡單地認識一下有關 HTLV-1 病毒及成人型 T- 細胞白血病／淋巴瘤的醫學知識。

成人型 T- 細胞白血病／淋巴瘤屬於一種 T- 細胞淋巴增殖性疾病（T-cell lymphoproliferative disorder），它的症狀包括淋

巴結腫大、肝脾腫大、皮膚病變、骨骼溶蝕性病變、高鈣血症
（hypercalcaemia）等。這種白血病只能由 HTLV-1 病毒所引
起。也就是說，所有成人型 T- 細胞白血病／淋巴瘤的患者都必然
是 HTLV-1 病毒的感染者。

在臨床上，成人型 T- 細胞白血病／淋巴瘤可分為急性型
（acute）、淋巴瘤型（lymphomatous）、慢性型（chronic）及
隱燃型（smouldering）四種。急性型及淋巴瘤型的病情兇猛，
患者的存活時間中位數少於一年。慢性型及隱燃型的病情一般較為
溫和，但五年存活率也只有 40% 至 50%。由此可見，這種血液癌
症非常致命。

在形態學上，成人型 T- 細胞白血病／淋巴瘤的癌細胞具有奇
特的特徵，細胞的細胞核呈「分葉狀」（lobated），似是攤開花瓣
的花。病理學家把這樣的細胞稱為「花朵細胞」（flower cell）。

除了血液癌症之外，HTLV-1 病毒亦會引起一種名為
HTLV-1 相關脊髓病／熱帶痙攣性輕截癱（HTLV-1-associated
myelopathy/tropical spastic paraparesis）的脊髓疾病，病徵
包括下肢無力及僵直等。

HTLV-1 病毒的名稱很容易令人聯想起另一種令人聞風喪膽的
可怕病毒——HIV 病毒（human immunodeficiency virus），

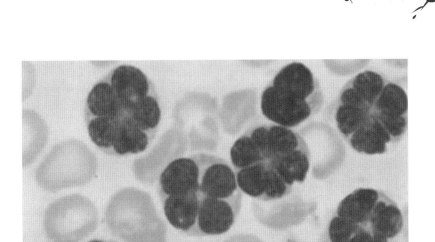

圖 4.4.1 成人型 T- 細胞白血病／淋巴瘤患者的周邊血液抹片，抹片中的淋巴癌細胞細胞核似花朵，因此被稱為「花朵細胞」

也就是愛滋病病毒。其實，這兩種病毒的確是遠親，它們都是反轉錄病毒（retrovirus）。大自然中大部分生物的遺傳訊息都是循著由 DNA 到 RNA 到蛋白質的標準流程，但反轉錄病毒的遺傳物質則由 RNA 逆轉錄為 DNA，屬於自然界中獨特的例外。其實愛滋病病毒在被定名為 HIV 病毒之前曾經被稱為人類嗜 T 淋巴球病毒 3 型（human T-lymphotropic virus 3，簡稱 HTLV-3），其後改成現在的名稱。HTLV-1 病毒與愛滋病病毒都會感染 T- 細胞。不過有別於愛滋病病毒，HTLV-1 病毒不會直接殺死輔助性 T- 細胞（helper T-cell），引起免疫力下降的問題，而是會在 T- 細胞裡潛伏著，「騎劫」它們，慢慢地把它們轉化成癌細胞。不幸中的大幸

檔案四
血液與
傳染病

是，HTLV-1 病毒的感染者中只有約 5% 會發病，而且病毒需要很長的時間才能夠把 T- 細胞轉化成癌細胞，所以這病毒的潛伏期可以長達 20 年。

HTLV-1 病毒在台灣

HTLV-1 病毒有著非常獨特的區域性流行特性，幾乎只在日本（特別是日本西南部九洲地區）及加勒比海一帶地區出現。就以日本為例，有一項研究發現在九洲地區有高達 5.8% 的懷孕女士在 HTLV-1 的血清測試中呈陽性。學者又再根據日本的人口與病毒的流行率去估計日本的 HTLV-1 感染人數，估算出日本可能有高達 108 萬至 130 萬的感染人數。

HTLV-1 病毒感染在其他地區非常罕見，在香港更是絕無僅有。讓史丹福分享一下自己的個人經驗：史丹福的行醫生涯中遇過各式各樣的血液疾病病人，卻從未遇過 HTLV-1 引起的成人型 T- 細胞白血病／淋巴瘤個案。聽說香港的其他醫院曾經出現過一個成人型 T- 細胞白血病／淋巴瘤個案，而患者也正是一名日本人。由此可見，HTLV-1 病毒的確是一種非常「地區性」的病毒。

不過這個「地區性」的特性卻還是有一些例外的，其中一個明顯的例子就是台灣。台灣的 HTLV-1 病毒感染率約為 0.4% 至

0.5%，此比率雖然低於日本，卻又遠高於日本以外的其他亞洲地區。中國內地也只有與台灣相當接近的廈門一帶有著小量感染者。更有趣的是，台灣感染者的地區分布非常平均，不像日本集中在某區域。另外，台灣的原住民也帶有此病毒，且感染率和非原住民差不多。

為甚麼會這樣呢？這個問題引起了很多科學家的興趣。

科學家比較了台灣與日本的 HTLV-1 病毒的 DNA 排序，發現兩者一模一樣。這代表台灣的 HTLV-1 病毒很有可能是來自日本的。但日本的 HTLV-1 病毒是如何傳入台灣呢？

最直接的推論當然是日本在台灣進行的殖民統治。大清在甲午戰爭中敗給日本，清政府之後在 1895 年與日本簽訂《馬關條約》，把台灣割讓日本。直至 1945 年，日本於第二次世界大戰中戰敗，台灣才被歸還給中華民國國民政府進行管治。在日本統治的幾十年間，不少日本人居於台灣，台灣人與日本人的交流密切，自然有可能從日本人身上感染到 HTLV-1 病毒。不過這個最直觀的解釋卻有著一個缺陷，就是韓國亦在接近的時期受到日本的統治，但韓國現時的 HTLV-1 感染率卻是接近零。似乎日本的殖民統治不能夠完全解釋台灣的高感染率。

　　首位在台灣進行骨髓移植的台灣著名血液疾病專家陳耀昌醫師對這個課題深感興趣（題外話，陳醫師同時也是一位歷史小說作家，而且也曾經從政），他提出台灣的高 HTLV-1 病毒感染率可能與明末時期驅逐荷蘭人，在台灣建立第一個漢人政權的鄭成功有關。

鄭成功與台灣

　　在介紹陳耀昌醫師的理論之前，我們不妨回顧一下有關鄭成功與台灣的歷史。

　　鄭成功出生於日本九州的平戶。他的父親鄭芝龍原本是海盜，他獨佔福建與日本之間的貿易往來，身為海盜首領的他其後接受明廷招撫，協助大明的海防。鄭成功的母親則是祖籍平戶的日本人田川氏。後來清軍攻入江南，鄭芝龍降清。為了避免受侮，田川氏以劍切腹自殺身亡。

　　鄭成功率領父親舊部繼續在中國東南沿海反抗清軍，之後決定以台灣為基地，並率軍驅逐原本在台灣建立了據點的荷蘭人。鄭成功在 37 歲就因病離世，不過他的後代繼續在台灣發展，鄭氏家族也成了一個在台灣有著深遠影響的家族集團。直到康熙派遣福建水

師提督施琅攻台，施琅在澎湖海戰中大勝鄭氏軍隊，鄭成功之孫鄭克塽降清，鄭氏政權才結束了在台灣的統治。

鄭成功堅守台灣，矢志反攻被滿清佔領的中國大陸，令到他在台灣人心中普遍有著相當高的評價。

陳耀昌醫師認為鄭成功的母親田川氏是九洲平戶人，自然有著相當高的機率染有 HTLV-1 病毒。不過由於 HTLV-1 的發病率十分低，大部分感染者都沒有病徵，所以歷史上沒有記載過田川氏有著任何與 HTLV-1 病毒有關的病徵。

HTLV-1 可透過授乳感染，所以大部分病者均是嬰孩時期已經由母嬰傳播的途徑感染病毒。鄭成功亦有可能經由此途徑從母親田川氏身上感染病毒。其後，鄭氏家族在台灣發展，即使降清之後，他的家族依然繁盛，後人眾多。舉個例子，曾留學日本東京帝國大學、與明仁天皇一同學習魚類學、有「櫻花鉤吻鮭之父」之稱的台灣魚類專家鄭守讓就是鄭成功的第九世裔孫。而除了母嬰傳染外，性接觸也是另一個傳染 HTLV-1 的途徑。HTLV-1 也許就是從鄭成功開始，透過龐大的鄭氏家族慢慢在台灣傳播開去。

而內地廈門一帶的感染者可能就是鄭氏政權被康熙所平之後，一些家族成員帶著病毒回到了廈門的老家一帶，病毒之後傳播出去，這些感染者就成了內地極少數的感染者。

檔案四
血液與
傳染病

台灣人的族群多樣性

另外，除了 HTLV-1 之外，陳耀昌醫師亦對台灣人的族群多樣性非常有興趣。他分析了不同疾病與基因變異，嘗試歸納出台灣人的起源。

根據陳醫師在一篇專訪中的介紹，他對這課題的興趣是起源自他建立骨髓庫的經驗。陳醫師從事骨髓移植工作，他發現日本的骨髓庫有六萬個樣本，並可以與 75% 的日本病人進行配對。陳醫師在台灣建立的骨髓庫有十萬個樣本，卻只能與 50% 的台灣病人進行配對。這就正正反映了台灣族群的基因有著豐富的多樣性，所以進行骨髓配對時才會比日本困難。

HTLV-1 的流行反映了台灣人有著來自日本的血統。但陳醫師又提出不少台灣人有著獨特的 *HLA-A*3303-B*5801/2-DRB1*0301-DQB1*0201/2-DPB1*0401* 單倍型（haplotype，也就是傾向於一起遺傳的基因組變異），這個單倍型是百越人的特徵，代表台灣有百越人種的血緣。這基因與鼻咽癌相關，而鼻咽癌正正是在台灣非常盛行的一種癌症。

除了 HTLV-1，台灣的高山原住民帶有一種獨特的毛利型幽門螺旋桿菌（*Helicobacter pylori*）品種。這品種的幽門螺旋桿菌

基本上只出現在台灣原住民及紐西蘭毛利族原住民中，漢人、日本人、韓國人都沒有這品種的幽門螺旋桿菌感染。這顯示台灣原住民與紐西蘭毛利族原住民可能有著共同的根源。

同時台灣人口有 7% 至 8% 帶有地中海貧血症（thalassaemia）基因，但高山原住民就沒有這基因。地中海貧血症基因來自古代東南亞中南半島高地人種，是當地人演化出來對抗瘧疾的機制。這代表台灣人的血統又可能與古代中南半島人種相關。

陳耀昌醫師甚至提出了台灣人與西歐及西非人種的基因關係。

總之，台灣人的血統絕非單純的漢人，而是有著原住民、百越人、日本人、東南亞人、西歐及西非人種的血統，族群多樣性非常豐富。陳醫師把他的理論寫成《島嶼 DNA》一書，非常有趣，有興趣的朋友不妨看看。

檔案四

血液與
傳染病

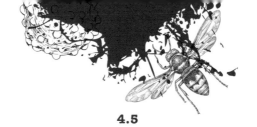

令亨利八世
膽戰心驚的汗熱病

亨利八世（Henry VIII）也許是英國史上最具傳奇性的國王。他的性格自大、狂妄、目中無人，為了離婚，他竟然膽敢得罪當年權力極大的教廷。以當年的標準來說簡直是膽大包天。教廷反對亨利八世的離婚，亨利八世卻一意孤行，結果教宗把亨利八世逐出教會。亨利八世則自立門戶，成立英國國教，而他自己就成了英國國教會唯一的最高的首長。結果，亨利八世一生共娶過六個妻子，其中有兩個與他離婚，有兩個被他處死。

六個妻子比起中國古代皇帝的後宮佳麗三千，當然說不上是甚麼，所以在華人文化圈成長的人大概很難理解亨利八世的特別之處。西方與中國的道德價值觀不同，在歐洲歷史中，擁有六個妻子的亨利八世已經稱得上是傳奇中的傳奇。

雖然亨利八世狂妄自大，天不怕地不怕，但原來世上仍然有一樣東西是可以嚇怕他的，那就是疾病。事實上，亨利八世對生病有著一種近乎病態的恐慌。

他要求一個醫生團隊每天為他進行詳盡的身體檢查，上至他的容貌外觀，下至他的腸胃活動。他廁所的櫃中放了一大堆藥水，用來治療各式各樣的疾病。他甚至在自己的王宮漢普敦宮（Hampton Court）中設置了一個大型的天文鐘，這是因為當年的人相信星體的運行可以影響健康，所以他需要儀器去密切地監察星宿移動。亨利八世對自己的健康極度著緊，一丁點的身體不適症狀都會令他憂心不已。

在眾多的疾病中，亨利八世最擔心的是一種被稱為汗熱病（sweating sickness）的古怪疾病。

亨利八世身邊的汗熱病

汗熱病是一種主要在英國出現的不明傳染病，歐洲其他國家也有小量個案。由於這疾病集中英國出現，因此又被稱為英國汗熱病（English sweating sickness）。

汗熱病的患者在患病初期會有寒顫、疼痛和頭痛等病徵，之後就會開始大量出汗，汗熱病的名稱就是由此而來。不久，病人會出現呼吸困難、胸口痛、極度口渴、精神錯亂，最後甚至死亡。汗熱病的死亡率高達 50%，而且致命的速度極快，不少個案中患者都在病徵出現後的 24 小時內死亡。1517 年，造訪倫敦的外國使節就

檔案四

血液與
傳染病

曾經這樣記錄過：「有人9點在宮中跳一跳舞後，11點就死了。」1528年，法國大使貝萊（Cardinal du Bellay）又曾指出「此病是世上最容易致死的疾病」。

此病在15世紀至16世紀期間在英國約出現過五波大規模的疫情爆發。特別的是，有別於其他疫症對貧苦大眾的影響較大，汗熱病似乎在王室與貴族間特別流行。亨利八世身邊就有很多人感染此病，難怪此病可以令亨利八世陷入恐慌之中。

亨利八世的父親亨利七世在包斯渥原野戰役中擊敗李察三世，最終贏得了英格蘭的內戰玫瑰戰爭。但亨利七世攻佔倫敦之後，疾病就開始在倫敦流行起來，並在兩個月內造成數千人死亡。當時的市民就認為汗熱病是上帝給亨利七世支持者的懲罰。

亨利八世的哥哥威爾斯親王亞瑟（Arthur Tudor）很有可能是汗熱病的受害者。亞瑟與西班牙公主阿拉貢的嘉芙蓮（Catherine of Aragon）結婚後不到五個月，兩夫婦便生病起來，他們的疾病被形容為「從空氣中散發出的惡毒煙霧」，不少人都相信他們所患的是汗熱病。結果最終亞瑟病死，嘉芙蓮則康復了。

亞瑟與嘉芙蓮的婚姻本來就是政治婚姻，用於聯繫英格蘭與西班牙的關係。亞瑟死後，亨利八世的父親亨利七世竟然讓亨利八世

（他在當時還是王子，仍未登上王位）娶了嘉芙蓮，以維持英格蘭與西班牙的盟友關係，嘉芙蓮就這樣成了亨利八世六個妻子中的第一個。

但嘉芙蓮未能為亨利八世誕下兒子，亨利八世轉而愛上嘉芙蓮的侍女安妮·博林（Anne Boleyn），並對她展開追求。

與此同時，英格蘭又出現了新一波汗熱病疫情。亨利八世嚇得立即逃離倫敦，他甚至要每天都逃亡到不同的住所躲避。

他在逃離途中，得知安妮也不幸患上汗熱病。即使他當時深愛著安妮，但他對汗熱病的恐懼勝於他對安妮的愛，所以亨利八世由始至終都沒有去過探望安妮，不過他至少也派了一位御醫去照料她。最終安妮也幸運地戰勝了死亡關卡而活了下來。不過安妮的姐夫凱里（William Carey）因汗熱病而過世了。

在安妮康復後，亨利八世為了迎娶安妮，就積極想辦法與嘉芙蓮離婚。亨利八世的理據是嘉芙蓮之前就已經與自己的哥哥成婚，所以她與自己的婚姻應該是無效的，嘉芙蓮卻指自己並未與亞瑟完婚，自己仍是處女之身。羅馬教廷反對離婚，亨利八世卻自立門戶，脫離羅馬教廷，成立英國國教，對英國歷史影響深遠。

檔案四
血液與
傳染病

亨利八世之後成功迎娶安妮，但她之後同樣未能為亨利八世誕下兒子。亨利八世對她逐漸生厭，最後以叛國及通姦的罪名處決了安妮。想不到安妮在汗熱病中活了下來，卻死於亨利八世的手上。

除了亨利八世的哥哥及他的首兩任妻子外，其他曾患病的人還包括亨利八世的親信大臣湯瑪斯‧克倫威爾（Thomas Cromwell）的妻子和兩個女兒，以及曾任亨利八世專職牧師的沃爾西（Thomas Wolsey）等。

汗熱病的元兇

英格蘭當時出現過五波汗熱病疫情，之後這個疾病就消失得無影無蹤。18 至 19 世紀，法國與附近的國家出現過類似英國汗熱病的皮卡第汗熱病（Picardy sweating sickness），不過其臨床特徵有所不同，致命率也遠比英國汗熱病低。

由於英國在五波疫情之後就再沒有出現過汗熱病，我們對汗熱病的認識遠較黑死病、天花、結核等歷史上的著名疫症為少。我們甚至連引起汗熱病的病原體是甚麼都還未知道。

現代的醫學學者曾經提出過鼠疫、流感、天花、傷寒、瘧疾等不同猜想，不過以上提及的猜想都有各自的缺陷，未能與汗熱病完全吻合。

　　1997 年，當時於聖湯瑪斯醫院（St Thomas' Hospital）工作的傳染病專家思韋茨（Guy Thwaites）發現汗熱病與美國在 1993 年爆發的漢他病毒（Hantavirus，又譯漢坦病毒）疫情甚為相似，他於是在《新英格蘭醫學期刊》（*The New England Journal of Medicine*）發表文章提出汗熱病可能由漢他病毒引起。

　　漢他病毒是一種經由鼠類動物傳染的病毒，患者大多是因為接觸到受感染鼠類動物的糞便、唾液或尿液而受感染。漢他病毒被列為生物性危害第四級病毒，即最危險的一級，其他的第四級病毒包括伊波拉病毒、天花病毒及拉薩病毒（Lassa virus）等，全都是令人聞風喪膽的可怕病毒。

　　漢他病毒曾在韓戰期間於韓國的漢灘江（Hantaan River）流域爆發，約 3,000 名聯合國部隊士兵受感染，約有 400 人因而死亡。這個疾病的元兇要直到 1978 年才被韓國生物學家李鎬汪所發現。他於漢灘江附近出沒的黑線姬鼠的肺組織中成功分離出病毒，於是該病毒根據發現的地區而被命名漢他病毒。

　　臨床上，漢他病毒病可以分為腎綜合症出血熱（hemorrhagic fever with renal syndrome，簡稱 HFRS）及漢他病毒肺綜合症（Hantavirus pulmonary syndrome，簡稱 HPS）兩大類。引起

檔案四
血液與
傳染病

腎綜合症出血熱的品種主要於歐洲、亞洲和非洲中出現。腎綜合症出血熱的症狀包括急性腎衰竭、發燒與出血，死亡率為1%至15%。

1993年，一種過往未經記錄過的漢他病毒病在美國西南部出現。該病是由美洲的漢他病毒品種引起的，這品種的漢他病毒較少攻擊腎臟，反而主要侵襲肺部。這種新的疾病就是漢他病毒肺綜合症。漢他病毒肺綜合症比腎綜合症出血熱更為可怕，死亡率可高達40%以上。

漢他病毒肺綜合症可以引起特殊的血液學變化。該病的五個典型周邊血液變化包括嗜中性白血球增多（neutrophilia）且沒有毒性顆粒（toxic granulation）、髓細胞（myelocyte）增多、血液中的免疫母細胞淋巴細胞（immunoblastic lymphocytes）多於10%、血小板減少及血液濃縮（hemoconcentration）。

其中，血液濃縮是由於血液中的水分會流失到肺部，於是血液中水分變少，血液變濃。在血液檢查時會有血紅蛋白濃度（haemoglobin concentration）升高的現象。

研究顯示，當急性肺水腫的病人的周邊血液抹片中有四個或五個上面提及的形態特徵，他就有很大的可能患上漢他病毒肺綜合症。細心的血液病理科醫生可以透過臨床情況與周邊血液抹片檢查及早作出漢他病毒肺綜合症的診斷。

思韋茨當然無法得知當年的汗熱病患者的血液情況，那他為何認為汗熱病是由漢他病毒引起呢？

首先，從臨床病徵來說，漢他病毒肺綜合症的患者在病發初期會有發燒、疲倦、肌肉痛，然後出現頭痛、頭暈、腹痛、腹瀉、嘔吐等病徵，之後急速地出現急性肺水腫，症狀與文獻中描述的汗熱病病徵大致上相似。而且研究顯示88%的漢他病毒肺綜合症患者都會在入院的24小時內惡化至需要使用人工呼吸機來維持生命，絕大部分死亡的病人都是在72小時內死亡的。雖然漢他病毒肺綜合症由病發至死亡的速度未及汗熱病的快，但我們不能夠完全排除當年醫學文獻紀錄出現數據誤差的可能。可以肯定的是，在醫學界已知的感染疾病中，漢他病毒肺綜合症的致死速度是數一數二地快。而且漢他病毒肺綜合症的病人有近40%的極高死亡率，數據上也與汗熱病接近。

另外，在流行病學的角度來說，汗熱病的五波疫情分別發生在1485、1508、1517、1528及1551年的夏天，主要集中在7月至9月初，並且疫情在冬天快速消失。除此之外，亦有歷史文獻表示汗熱病爆發的年份普遍都有較高的雨量。而且汗熱病的爆發集中在較和暖的英格蘭，大不列顛島上較為寒冷的蘇格蘭與威爾斯則較少受到波及。潮濕與炎熱的天氣會有利老鼠與昆蟲滋長，所以汗熱病很有可能經由老鼠或昆蟲傳播，而漢他病毒正正是經由鼠類動物傳染，這進一步支持思韋茨的理論。

檔案四

血液與
傳染病

　　當然，漢他病毒的說法亦有其缺陷，最重要的一個是引起漢他病毒肺綜合症的漢他病毒品種主要於美洲出現，英國在近年卻沒有出現過漢他病毒肺綜合症的爆發。

　　不過在眾多的學說當中，漢他病毒是最符合臨床及流行病學特徵的一個。如果想要真正找出汗熱病的元兇，就必須要找到當年患者的樣本，從中抽取核酸進行檢測。但經過這麼多年，樣本很大可能已經受到污染或者破壞，所以直至現時為止，學界仍然未找到合適的樣本去確切肯定汗熱病的元兇。

　　最後值得一提的是，雖然汗熱病令亨利八世膽戰心驚、如坐針氈，但其實翻查數據，以1485年的一波疫情為例，該波疫情令約15,000人死亡，而亨利八世曾經處決的人數則有近57,000人。剛才提及過亨利八世的第二任妻子安妮就是在汗熱病中活了下來，卻死於亨利八世的手上。亨利八世也許並沒有意會到，自己的可怕程度比起汗熱病有過之而無不及。

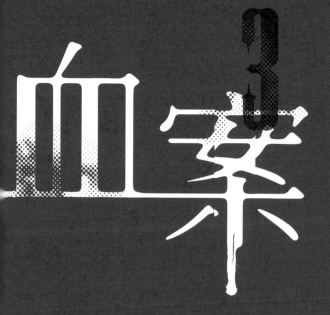

輸血醫學

教宗依諾增爵八世
是史上首名接受輸血者嗎？

　　教宗依諾增爵八世（Innocent VIII）在歷史上的名氣不算大，相信大部分的讀者都沒有聽過他的名稱。不過這個教宗的名字卻不時出現在醫學教科書上，根據某些教科書的說法，依諾增爵八世可能是世上首位接受輸血者。

腐敗墮落的教宗

　　在史丹福介紹依諾增爵八世接受輸血的故事之前，或許我們可以先簡單地認識一下這個教宗的生平。

　　依諾增爵八世於 1484 年當選教宗。在那個年代，教宗不僅是一名宗教領袖，他在政治上也很有影響力，足以左右歐洲的政局。當年教宗的權力很大，不過權力使人腐化，因此當時教宗變得腐敗也是屢見不鮮，而依諾增爵八世正是當中的「佼佼者」。

　　依諾增爵八世本身的威信就不高，要靠在教宗選舉賄選才得以獲選教宗。

在宗教領域上，他發表了教宗詔書，掀起全歐洲獵巫的高潮。歐洲的獵巫運動源自迷信與無知，很多無辜的婦女被當成女巫而受到迫害。依諾增爵八世又加強了西班牙宗教裁判所的權力，宗教裁判所以宗教為名進行了許多不當的審判，並以殘酷手段懲罰異端。以今天的角度來看，宗教裁判所是為天主教歷史的污點之一。

在私人生活方面，他生活奢侈腐敗，令教廷財政出現困難。為了解決財政問題，他不但售賣神職人員的職位及販賣臭名遠播的贖罪券，有時候甚至會典當三重冠等教宗寶藏。此外，他有多名私生兒女。他大量利用裙帶關係去為私生兒女謀權圖富。

世上第一宗輸血個案？

正所謂「有咁耐風流，有咁耐折墮」，依諾增爵八世肆意放縱的個性也體現了在他的身體上。他在晚年變得極為肥胖。據佛羅倫斯的大使瓦洛里（Filippo Valori）的描述，教宗到了 1492 年夏天已經成為一團了無生氣的肉塊，他無法進食，只能靠年輕女子為他哺乳去補充營養。

據說，此時一位猶太裔的醫生表示可以幫助教宗回復健康。他找來了三名十歲大的小孩，從他們的血管中取得血液去輸給教宗。醫生認為這樣做可以把小孩的年輕生命力轉送給教宗。

檔案五
輸血醫學

　　至於醫生用甚麼方法把血液送進教宗體內呢？文獻的資料眾說紛紜，某些文獻指他並不是如現今般透過靜脈的方式接受輸血。這是非常合理的，因為血液循環的理論在一百多年後的 17 世紀才被英國醫生及生理學家哈維（William Harvey）所建立。依諾增爵八世時代的醫生根本不知道血液在血管內運行，自然也不會想到把血液輸進血管內。

　　有文獻指出教宗是用口把血液喝掉，甚至有說法指出他是直接從小孩的血管中吸取血液。假如這個說法屬實，這簡直就像是吸血鬼恐怖電影中的情節！以今天的血液學知識，我們知道以口飲用血液根本完全達不到輸血的效果，因為血液中幾種最重要的成分，如紅血球、白血球及血小板，都不能透過消化道直接吸收。

　　不過，飲用血液至少不會對依諾增爵八世帶來甚麼即時性的傷害。假如醫生真的透過靜脈為教宗輸血，那麼教宗甚至會有急性溶血性輸血反應（acute haemolytic transfusion reaction）的風險。

　　急性溶血性輸血反應是由於捐血者與受血者的 ABO 血型不吻合所引起。我們的紅血球表面有獨特的抗原，它們就像身份證一樣，是紅血球的身份記認，可以幫助免疫系統分辨敵我。根據國際輸血學會（International Society of Blood Transfusion）的分

類，截至 2023 年 11 月，人類的血型系統共有 45 個。不過最為人所知，且臨床上最重要的血型系統，當然是 ABO 血型系統。

根據 ABO 血型系統，人類的紅血球可以分成 A 型、B 型、AB 型及 O 型四種。四種血型的人的紅血球上有不同的抗原，血漿中亦有不同的抗體。大家可以參考下面的圖表：

ABO 血型	紅血球上的抗原	血漿中的抗體
A 型	A 抗原	抗 B 抗體
B 型	B 抗原	抗 A 抗體
AB 型	A 抗原及 B 抗原	沒有抗 A 抗體及抗 B 抗體
O 型	沒有 A 抗原及 B 抗原	抗 A 抗體及抗 B 抗體

當中抗 A 抗體會攻擊 A 抗原，抗 B 抗體會攻擊 B 抗原。大家可以見到，正常人的血漿中的抗體並不會攻擊自身紅血球上的 ABO 抗原（舉個例子，A 型人士的血漿中只有抗 B 抗體，並沒有抗 A 抗體，所以就不會攻擊紅血球上的 A 抗原）。不過假如輸血時出現了 ABO 血型不吻合的情況，例如 A 型的病人接受了 B 型紅血球的輸血，受血者血漿中的抗 B 抗體就會攻擊帶有 B 抗原的外來紅血球，造成嚴重的溶血反應。

攻擊為何會造成溶血？抗 A 抗體及抗 B 抗體是一種 IgM 抗體，它們攻擊相對應的抗原時會激活補體系統（complement

system），令紅血球在血管內破裂，釋放大量細胞因子，導致「細胞因子風暴」（cytokine storm），引起發燒、血壓下降、疼痛、腎功能衰竭等的症狀。凝血系統亦會被激活，引起瀰漫性血管內凝血（disseminated intravascular coagulation，簡稱 DIC），令病人出現流血。急性溶血性輸血反應可以導致病人死亡。

急性溶血性輸血反應的問題一直困擾著早期的輸血嘗試。直到 1900 年，奧地利的免疫學家蘭德施泰納（Karl Landsteiner）發現了 ABO 血型，這個問題才得以解決。

後來，醫學界發展出血型檢驗的技術。自此，輸血的安全性大大提升。

以下的圖表簡單地說明了不同血型的人士可以接受哪些血型的紅血球作輸血。

	A 型捐血者	B 型捐血者	AB 型捐血者	O 型捐血者
A 型受血者	√	×	×	√
B 型受血者	×	√	×	√
AB 型受血者	√	√	√	√
O 型受血者	×	×	×	√

　　蘭德施泰納因為 ABO 血型系統的發現而獲得了 1930 年的諾貝爾生理學或醫學獎。他獲獎之後並沒有親自對觀眾發言，而是邀請了文學獎的得主美國作家路易士（Sinclair Lewis）代他發言。路易士致詞時說：「你們可以稱我為文字大師，但他呢？他可是掌握數千位病人的生死的大師！」

　　讓我們回到依諾增爵八世的故事。我們並不知道依諾增爵八世是透過進食或是靜脈注射的方法接受血液。不過假如是靜脈方式的話，除非教宗有 AB 型血型，否則三個小孩的血型都與他吻合的機率不高，教宗有很大可能因輸血而有急性溶血性輸血反應。

　　至於故事的結局如何？所謂的輸血當然救不了教宗，而捐血給他的三個小孩最後也死掉。香港紅十字會輸血服務中心以「捐一次血可以救三個人」作口號鼓勵人們捐血，一個醫療程序可以救三個人，實在是令人驚嘆。而為教宗輸血的醫療程序卻竟可造成四個人的死亡，就更加令人匪夷所思。

回到最初的起點

　　這個故事的獵奇色彩甚重，當作野史去看當然看得人津津有味。不過講求嚴謹的學者卻不滿足於此，他們嘗試「踏血尋源」，找出這個故事最初的出處，從而考證其真實性。

阿姆斯特丹自由大學醫學院的教授林德布魯姆（G. A. Lindeboom）曾在《醫學及專職科學歷史期刊》（*Journal of the History of Medicine and Allied Sciences*）中發文描述他的發現。這故事到現在曾經出現在不同文獻中，但似乎現代的文獻都是引述 19 世紀中期意大利維拉利（Pasquale Villari）的描述，維拉利則是引述再半個世紀以前歷史學家西斯蒙第（Sismondi de Sismondi）的文字。如果繼續追尋早期的記載，則可以追溯至 16 世紀的編年學家雷納達斯（Odorico Raynaldus）及另一位編年學家英非素亞（Stefano Infessura）。

根據雷納達斯的說法，猶太裔醫生取得了三個十歲大小童的血液後，利用化學方法把血液製成藥水。當依諾增爵八世知道了藥水的來源後，他深感厭惡，並下令懲罰該名醫生，不過醫生早已逃之夭夭。

除此之外，並沒有更多的具說服力的歷史證據去證明此事。由於證據薄弱且可信性成疑，學界普遍都認為教宗接受輸血一事只屬傳言。

美國醫生透納（Matthew Turner）於一本期刊《海克頓國際》（*Hektoen International*）中刊登的文章提出這個故事的流傳可能與歐洲的反猶太思想有關。

　　原來 1267 年的維也納宗教會議禁止了猶太人行醫，不過依諾增爵八世曾經容許一位名叫巴爾米斯（Abram di Mayr de Balmes）的猶太裔醫生行醫。雷納達斯可能以這件事為藍本，加鹽加醋，最終寫成輸血故事。當時的歐洲普遍對猶太人存有負面觀感，雷納達斯這樣寫的目的或許是想轉移視線，把人們對關注依諾增爵八世腐敗墮落的注意力轉移到猶太裔醫生上。雷納達斯又記載了教宗想懲罰該名猶太裔醫生，這可能是他想撇清教宗與事件的關係，把害死小孩的責任都歸咎於猶太裔醫生。

　　這個故事甚至可能與「血祭誹謗」（blood libel）有關。血祭誹謗是曾經在歐洲流行的反猶太人謠言，謠言指猶太人會殺害基督教徒的兒童，並使用其血液進行宗教儀式。在當年，如果出現了查找不到兇手的謀殺案，基督教徒便會利用血祭誹謗的說法去栽贓給猶太人。血祭誹謗於是成為了基督教徒迫害及屠殺猶太人的藉口。而教宗接受輸血的故事亦是牽涉到奪取小孩的血液令到小孩死亡，與血祭誹謗有異曲同工之妙，因此這故事的流傳可能只是反猶太宣傳的一部分。

　　既然依諾增爵八世並不太可能是世上首名接受輸血者，那麼這個世上第一的名銜又應該屬於誰呢？

　　學界最廣為接受的說法是法國醫生丹尼斯（Jean-Baptiste Denys）是首位嘗試把動物血液輸給人類的人。他於 1667 年成功把幾安士的山羊血液輸給一名因發燒而被其他醫生放血 20 次的男孩。其後丹尼斯又嘗試透過輸山羊血來治療精神病人，因為他認為精神病是由於體液不平衡而引起，輸血則可以令體液回復平衡。雖然丹尼斯為病人輸血的理據完全是錯的，但他卻因為錯的原因而做了一件在醫學界中名流千古的壯舉。到了 1818 年，英國婦產科醫生布蘭德爾（James Blundell）進行了史上首次人對人的輸血以治療產後大量出血的病人，人類自此進入了一個輸血的新紀元。

5.2
西班牙內戰中的
輸血革命

　　1930 年代的歐洲充滿著山雨欲來的氛圍。當時，兩股來勢洶洶的新勢力在歐洲急速興起，它們分別是以德國及意大利為首的法西斯集團及以蘇聯為首的共產集團。兩股勢力在之後的幾十年為歐洲以至全世界帶來史無前例的災難。

　　眾所周知，德國與蘇聯在第二次世界大戰時打得天昏地暗，血流成河。但原來這並非兩國的首次交戰，早在 1936 至 1939 年的西班牙內戰中它們已經以代理人戰爭的形式交過手。以德國及意大利為首的法西斯集團支持發動叛亂的軍隊，蘇聯則支持人民陣線領導的共和國政府軍。

　　究竟西班牙內戰是一場怎麼樣的戰爭呢？

　　話說在 1930 年代，西班牙就如不少歐洲國家一樣，都出現了法西斯與共產主義的身影，兩股勢力在西班牙國內互相爭鬥。1936 年 1 月，西班牙共產黨與共和黨及其他左翼政黨組成「人民陣線」聯盟，並在 2 月的國會選舉中獲勝。阿薩尼亞（Manuel

Azaña）在選舉後出任總統，他承諾在國家進行民主改革。另一方面，西班牙長槍黨等右翼團體的成員與民族主義者及保王派人士組成了西班牙國民軍，並發動了反共和政府的武裝叛亂。佛朗哥（Francisco Franco）後來成為了國民軍的領袖。

共和派與國民軍之後展開了長達三年的內戰。國民軍得到德國元首希特拉及義大利首相墨索里尼的支持，共和派得到蘇聯的援助。英國與法國政府則決定不援助交戰的任何一方。

國民軍最終贏得了內戰，佛朗哥成為了西班牙唯一的實權者。他將參與國民軍的所有派系全部統一至長槍黨中，對西班牙採取一黨專政、法西斯式的獨裁統治。直至 1975 年佛朗哥逝世，西班牙才展開民主改革，恢復君主立憲制，結束長達 40 年的獨裁統治。

西班牙內戰被視為第二次世界大戰的前哨戰，不少新的軍事武器及技術都是在西班牙內戰中發展出來的，例如國民軍就連同納粹德國與意大利在西班牙內戰中進行了軍事史上首次的無差別地毯式轟炸。

西班牙內戰除了是新軍事技術的試驗場，原來同時也是新輸血技術的試驗場。

西班牙內戰前的輸血

要了解西班牙內戰如何革新輸血醫學，我們不妨先了解一下在這之前的輸血是怎麼樣的。

在 1930 年代初，輸血並不是一項常見的醫療程序。在西班牙的大城市巴塞隆拿，每天平均只進行約一次輸血。即使是更大更繁榮的法國首都巴黎，每天也只是有約 20 次輸血。這些數字當然不能與今天同日而語。

雖然第一次世界大戰期間已經發展出利用檸檬酸鈉（sodium citrate）作為抗凝血劑來儲存血液的技術，不過主流的輸血仍然是「即捐即輸」，方法是把捐血者與受血者的血管同時接通到一個名為路易斯—朱貝注射器（Louis Jubé syringe）的裝置，這個裝置可以使捐血者的血液流到受血者的血管內。也就是說，當病人有需要接受輸血時，醫生就需要立即找一位捐贈者。這個做法的問題是血液的供應很難受到控制，醫生不一定能在短時間內找到合適的捐血者，令輸血程序受到影響。

另外，由於受血者的血液全都是來自同一位捐血者。假如病人失血很多，令他需要大量輸血，路易斯—朱貝注射器就不能為病人提供足夠的血液。

多蘭佐特與巴塞隆拿輸血服務中心

多蘭佐特（Frederic Durán-Jordà）醫生是其中一位在西班牙內戰期間改革輸血技術的工作者，他在巴塞隆拿設立了世界上首個輸血服務中心。

多蘭佐特雖然讀醫出身，但他對化學很有興趣，於是他在畢業後就加入了巴塞隆拿一所醫院的消化部門進行化驗工作。1934年，他擔任了科爾茨精神院（Instituto Frenopático Corts）化驗室的主管。戰爭爆發後，他到了一所專治戰爭傷者的醫院工作。他在醫院中留意到對輸血的高需求，於是開始構想設立一所機構，在短時間內安全地收集、測試及處理大量血液。

1936年10月6日，西班牙共和軍決定在巴塞隆拿設立輸血服務中心來收集血液，並把這個計劃交給了多蘭佐特主理。中央收集血液的輸血服務中心是一個全新的概念。輸血服務中心招募平民為捐贈者，之後血液經過處理，才運送到前線使用，不需要再如以往般「即捐即輸」，這做法更大大增加了血液供應量。而多蘭佐特是位很有前瞻性的輸血工作者，他創立很多嶄新的措施去確保血液安全及供應量足夠。

有意捐血的人士在到訪輸血服務中心進行捐血前，工作人員會先記錄他們的姓名、地址與病歷。假如他們的病歷顯示其血液有傳

染疾病的風險,他們將不被容許進行捐血。到了今天,世界各地的輸血服務中心都會要求捐贈者在捐血前先填寫健康查詢及感染風險評估的問卷,而最先以病歷篩選捐贈者的人就是多蘭佐特。

之後,工作人員會為有意捐血的人士進行血型測試與梅毒(syphilis)測試。梅毒測試是傳染病篩檢的一種,這又是多蘭佐特最先提出的革命性概念。傳染病篩檢能使輸血服務中心找出帶有傳播疾病風險的人士,是確保血液安全必不可少的一環。當時醫學界對血液傳染病的認識並不多,而梅毒是少數可以透過當年的檢測技術偵測得到的血液傳染病,所以多蘭佐特把這項測試納入捐血前的篩檢中,並成了輸血傳染病篩檢的先驅。

到了今天,輸血服務中心進行的傳染病測試自然是詳細得多,例如香港紅十字會輸血服務中心進行的檢查就包括乙型肝炎病毒(hepatitis B virus)表面抗原和核酸,丙型肝炎病毒(hepatitis C virus)抗體和核酸,愛滋病病毒(human immunodeficiency virus)1及2型抗體、抗原和核酸,戊型肝炎病毒(hepatitis E virus)核酸,人類嗜T淋巴球病毒(human T-lymphotropic virus)1及2型抗體及梅毒抗體篩檢。

根據多蘭佐特的計劃,只有梅毒檢測陰性的人士才能進行捐血。由於O型血液屬於「萬能血」,任何ABO血型的人士皆可接

受，所以這些血液會用於分秒必爭的前線中，令傷兵可以不用接受血型檢查就直接接受輸血。而其他血型的血液則會留在市內的醫院使用，因為醫院的設備更齊全，醫生可以先為傷者進行血型檢查，之後才決定該使用何種血型的血液作輸血。

至於捐血及血液處理的實際操作是如何進行呢？

捐血者可以每隔一個月捐血一次。他們會被要求在輸血前避免進食，以減低血液被細菌污染的風險（今天，輸血醫學界知道這是錯的，現代的輸血服務中心更會鼓勵捐血者在輸血前進食，以減低捐血後不適）。工作人員會先為血管表面的皮膚進行消毒，並從捐血者的靜脈血管中抽取 300 至 400 毫升的血液。抽取的血液會沉澱在一個 500 毫升錐形燒瓶中，燒瓶會被持續搖晃以避免血液凝固。血液會與 0.4% 檸檬酸鈉溶液混合，有時還會添加 0.1% 葡萄糖溶液。檸檬酸鈉可以防止血液凝結，令血液能儲存得更久。

每六瓶收集到的血液會被混合起來，之後再分到 300 毫升的玻璃瓶中。玻璃瓶會經過加壓處理，令血液在需要時可以快速地從瓶中排出，進入傷者的體內。玻璃瓶會被儲存於攝氏 2 度的環境中，最多可以儲存 15 日。

這些措施雖然與今天相比未必完全相同，但整體來說已經與現代的血液處理方法非常相似。

除了創立了世上首個集中處理血液的輸血服務中心，並首先以病歷評估血液風險及引入傳染病篩檢外，多蘭佐特還做了很多其他開創性的工作。例如他最先創立流動運血車，車內裝置了冷凍設備，以便將於輸血服務中心收集到的血液快速地運到前線。另外，他也是最先利用大眾媒體呼籲民眾捐血的人。

在輸血服務中心運作的 30 個月間，中心共進行了 20,000 多次捐血，收集了約 9,000 升的血液。這是醫學史上首次出現如此大規模的血液供應。共和軍戰敗後，多蘭佐特被迫逃亡至英國，之後他仍然熱衷於輸血工作，並幫助英國設立輸血服務中心。

白求恩的流動輸血車

白求恩（Norman Bethune）醫生是另一位在西班牙內戰中有很多重要貢獻的輸血工作者。

白求恩是一位加拿大的胸肺外科醫生。他很關心貧苦大眾，並留意到經濟蕭條影響到低下階層接受醫療的機會。1935 年，他到了蘇聯出席國際生理學會議，並在該次旅程中接觸到蘇聯共產主義下的醫療制度。他認為這個制度能夠照顧到貧苦大眾的醫療需要，並對共產主義產生了興趣。他於 1935 年 11 月加入加拿大共產黨。

作為共產黨員，白求恩在西班牙內戰爆發後就組織了醫療團隊前往西班牙馬德里支援共和軍。就和多蘭佐特一樣，白求恩很快就意識到共和軍需要一個更好的收集血液方法去應付戰事帶來的輸血需求，並把血液迅速地運送到前線。

白求恩於是創立了加拿大輸血服務組織（Servicio Canadiense de Transfusión de Sangre），並發展出流動輸血站。流動輸血站設置在貨車上，車內有儲存血液用的冰箱、消毒設備及其他即場輸血所需的設備。

加拿大輸血服務組織以馬德里為基地，組織在短時間內就已經發展到能夠為 1,000 公里長的戰線提供輸血服務。在戰爭期間，組織共進行了近 5,000 次輸血。雖然多蘭佐特亦有使用類似的車輛去把血液運到前線，不過白求恩創立的組織更能夠利用流動車輛的優勢，為更為廣大的地區提供輸血服務。

可惜的是，白求恩因為酗酒、沉溺女色及愛發脾氣等私德問題，再加上他被指控為有間諜嫌疑，於是在內戰仍如火如荼之時，他就被西班牙政府強迫離開該國。在白求恩離開了西班牙不久後，中國爆發了盧溝橋事變，之後日本全面入侵中國。白求恩於是轉到中國幫助中國共產黨，擔任軍區衛生顧問。他帶領流動醫療隊到前線去醫治共產黨八路軍的傷員，又幫助培訓醫護人員。

　　他在一次醫治傷者期間割傷了手指，傷口不幸受到感染，令他得到敗血症（sepsis）。最終，他在 1939 年 11 月 12 日過世，死時只有 49 歲。

　　為了悼念白求恩，毛澤東撰寫了〈紀念白求恩〉一文。這篇文章與另外兩篇由毛澤東所寫的文章〈為人民服務〉和〈愚公移山〉被統稱為「老三篇」。在文化大革命期間，「老三篇」就如同《毛主席語錄》一樣，是學校的必授教材，中國學生都被要求背誦「老三篇」，以學習毛澤東心目中正確的意識形態。白求恩亦因而在中國成為了家喻戶曉、無人不知的人物。

血液救英國

1940 年，英國處於危急存亡之秋。當時，納粹德國發起閃擊戰，以狂風掃落葉之勢迅速擊敗歐洲各國，就連當時世上數一數二的軍事強國法國亦都難以倖免。最終，英國成了抵抗德國的最後堡壘。英國人雖然上下一心，奮勇抗敵，但面對希特拉大軍的步步進逼，依然是力不從心。

在最黑暗的時刻中，英國人只能寄望遠在大西洋對岸的美國的支援。奈何，美國人並不希望參戰。雖然美國沒有直接介入戰爭，但她還是利用了各種各樣的方式支持英國，例如提供武器、提供物資，還有令人意想不到的方式——提供血液。

以血救國

1940 年 5 月，歐洲戰爭進入了白熱化的階段時，美國亦意識到自己可能會被捲入戰爭中。為了探討自己對戰爭的準備程度，美國國家研究委員會（United States National Research Council）成立了一個委員會去評估血液供應的狀態。

到了 1940 年的夏天，德國空軍開始了大規模轟炸英國的行動，希望透過空襲徹底擊敗英國。英國非常需要血液與血漿以用於醫療支援。有見及此，美國國家研究委員會及美國紅十字會連同一群美國輸血醫學界的專家們展開了一個名為「血液救英國」（Blood for Britain）的計劃，在美國各地收集血液，再把血液製品運送到英國。

血液需要冷藏儲存，令運輸非常困難。美國與英國的距離遙遠，專家們需要好好考慮如何有效地運送血液。幸好，一項革命性的新技術被戰爭催生了，它將會大幅度地改寫輸血的運作。

在輸血發展的初期，輸血就只有輸全血。全血是指原汁原味、沒有經過分離的血液，它包含了血液的所有成分，例如紅血球、白血球、血小板及血漿。大家可能會覺得，正所謂多多益善，全血甚麼成分都有，有盡所有血液成分的功能，不是最理想的輸血品嗎？

非也。由於血液中的成分都有不同的特性，血液中包含的成分越多，輸血時要處理的問題就越多。而且，全血甚麼成分都有，不但有盡所有血液成分的功能，也有盡所有成分的缺點。例如，全血內有紅血球，所以輸血時輸血者與受血者的 ABO 血型一定要配合，否則輸入的紅血球被抗體攻擊而破裂，會導致受血者有嚴重溶血反應。而血漿內沒有紅血球，所以即使 ABO 血型不配合，也不會引發嚴重溶血反應。

檔案五
輸血醫學

　　輸血醫學的專家德魯（Charles Drew）是「血液救英國」計劃的主管，他與其團隊就想到分離血液中的血漿去為戰場上的傷者補充體液及治療休克（shock），以代替一般所用的全血。他們發現血漿在戰場上有很多優點。血漿可以在無需冷藏之下長時間保存，且不容易在運送過程中因受攪動而變質。血漿的使用並不受血型的限制，所以為傷者輸血漿前並不需要進行血型的配對。另外，除了用於靜脈注射，血漿也可被用作肌肉注射或皮下注射。

　　雖然血漿看似是一個在戰場上很吸引的選項，但由於它的製造牽涉到全新的技術，德魯等人必須要詳盡地規劃大規模收集、處理、儲存及運輸血漿的流程，以確保提取而成的血漿可以安全地送達英國。

　　他們最終的方案是利用離心和沉澱將血漿與血球分離。為了減少血漿被細菌污染的風險，團隊又採用了各式各樣的方法。首先，處理血液的化驗室必須全面採用無菌程序。另外，血液產品需要加入一種名為硫柳汞（merthiolate）的抗菌劑。最後，樣本必須要進行細菌培養檢測，確保無菌後才進行密封包裝。以上提及的手法都是非常創新及具前瞻性的，雖然到了今天，製造血漿的方法已經出現了大幅的改良，但有不少的原則仍然是取自德魯團隊最初的計劃。

1940 年 8 月初，第一批血漿被試運至英國。經過測試後，英國方面稱血漿「完全令人滿意」。最終，「血液救英國」計劃於同年 8 月 16 日正式啟動。

該計劃實行至 1941 年 1 月，英國有足夠的能力自行製造足夠的血漿為止。「血液救英國」計劃最終共收集了 14,556 名捐贈者的血液，並從中製造超過 5,000 公升的血漿。這些供應到英國的血漿在英國被轟炸的期間幫助到大量傷者，在英國最黑暗的時刻中亮起了一道微光。

血庫之父

「血液救英國」計劃的主管德魯本身也是一位非常傳奇的醫生，值得史丹福多花篇幅去作介紹。

德魯是一位非裔美國人。眾所周知，非裔美國人在當年普遍受到不公平的對待。但德魯依然能夠在白人當道的社會中脫穎而出，成為當時美國數一數二的輸血醫學專家，實在是非常難得。

德魯於加拿大滿地可（Montreal，又譯蒙特利爾）的麥吉爾大學（McGill University）獲得醫學學位。他在讀醫時已經光芒四射，他獲得了年度神經解剖學獎學金，又在考試比賽中擊敗班中

前五名學生，獲得了 J·弗蘭克·威廉斯（J. Francis Williams）醫學獎。1933 年，德魯在總共 137 人的班級中以全級第二名的成績畢業。

他之後到滿地可醫院實習。在擔任外科駐院醫生期間，他與貝蒂（John Beattie）教授合作研究透過補液（fluid replacement）治療休克的方法，並因而對輸血產生了興趣。他想回到美國繼續在外科發展，奈何，當時美國的主要醫療中心都有嚴重的種族歧視問題，他們禁止非裔學者從事前線的外科工作，最終德魯只能在大學擔當病理學的講師。

1938 年，德魯到美國的哥倫比亞大學攻讀博士學位，但他的導師並沒有分派他到外科實驗室、門診、手術室或外科病房，而是指派他去跟隨斯卡德（John Scudder）建立實驗血庫。在當時，外科才是最炙手可熱的學科，外科醫生可以接觸到上流社會的病人，從而名利雙收。德魯卻被分派到一個在當時屬於默默無名的領域，這很有可能也是與他的種族有關。

不過，德魯卻在輸血醫學的領域中尋找到自己的小宇宙。他的博士論文研究血液的儲存方法，包括抗凝血劑、儲存器皿形狀及溫度對血液的影響。他的老師斯卡德把其博士論文形容為「傑作」及「史上最出色的文章之一」。他的出色研究令他成為了哥倫比亞大

學史上第一位非裔醫學博士。當「血液救英國」計劃被推出時，他也成了計劃主任的首選。他在計劃中帶領團隊研發出大規模製造血漿的方法，成績非凡。

在「血液救英國」計劃完結後，德魯本來打算回到大學進行教學工作。不過有鑑於他的豐富經驗，紅十字會又邀請了他去進行另一項新的先導計劃——在紐約大量收集血液製造乾燥血漿。乾燥的方法將使血漿更容易運輸和使用。德魯又發明了裝有冰箱的流動捐血車，這幾項工作確保了美國在戰爭期間有著充足的血液供應去醫治傷者。在二戰期間，美國共收集了超過 1,400 萬位捐血者的血液，並從中製造了超過 1,300 萬份血液製品。德魯的貢獻為他贏得了「血庫之父」的美譽。

諷刺的是，雖然德魯在美國的國家血液收集計劃中貢獻良多，但作為一位非裔美國人，他竟然無法去捐血。美國的血液收集計劃有很重的種族歧視成分。在「血液救英國」計劃中，英國從未要求過美國根據種族去區分血液，不過美國當局認為英國會介意捐血者的種族，於是自行把非裔的血液區分開。1941 年 11 月美國的全國捐血服務正式啟動時，計劃並不容許非裔美國人捐贈血液，引發了非裔媒體及全國有色人種協進會等機構的抗議。1942 年 1 月，紅十字會宣布放寬政策，准許非裔人士捐血，但他們的血液會被區分開，並且只會輸給非裔人士。美國戰爭部（United States

Department of War）指出區分血液「在生物學上並沒有令人信服的原因，但基於心理上的原因，我們並不建議混合白種人與黑人的血液以供應軍隊使用」。

德魯在 1941 年 4 月退出了美國的血液收集計劃。他從無說明原因，不過有人就猜想可能與他不滿計劃中的種族歧視政策有關。1944 年，德魯就曾寫過一封信批評軍隊的決定，他指這個決定羞辱了自己國民，而且在科學上毫無理據。更重要的是，軍隊需要大量的血液，而決定大大影響了血液的供應。

退出美國的血液收集計劃後，德魯回到大學從事教學工作，並積極推動非裔美國人的醫學教育。1950 年，德魯在前往一個醫學會議的途中遇上了交通意外並嚴重受傷，送到鄰近的醫院救治。可惜的是，該間醫院並沒有血庫，以致德魯無法及時輸血，因而過世，實在是非常可惜。

血漿的古與今

德魯的工作造就了血漿的興起，而隨著輸血科學的發展，學界慢慢對血漿的使用有了新的認知，血漿的使用及儲存方法也出現了新變化。例如在第二次世界大戰期間，血漿不需要經過冷藏保存，但現代的醫院血庫會把血漿放在攝氏負 30 度以下的環境中儲存，

以更完整地保存血液中的凝血因子。又例如二戰時期，輸血漿的時候並不用配對血型，而醫學界現在知道血漿也有可能引起較輕微的溶血反應，因此現代的血庫在為病人準備血漿的時候都會配對血型。

除了分離全血之外，現今又出現了一種全新的方法去收集血漿——成分捐血（apheresis）。成分捐血的做法是把捐贈者的血管直接連接至血液分離機，血液被引導到血液分離機，機器會過濾出血漿，其他的成分就會重新輸入捐贈者的體內，所以捐贈者的復原速度較快，只需14天就可以重新捐贈。

到了今天，血漿在臨床上的使用模式也出現了很大的改變。二戰時，血漿被用於輸液復甦及治療休克。今時今日，醫生大多會使用琥珀醯明膠（succinylated gelatin）類的血漿替代品去治理這類病人。今天，血漿的主要功用是補充病人的凝血蛋白。

血漿中含有不同的凝血相關蛋白，例如各類凝血因子、纖維蛋白素原（fibrinogen）及溫韋伯氏因子（von Willebrand factor）等。肝衰竭、創傷及瀰漫性血管內凝血等疾病的患者都可能有缺乏凝血因子的情況，令他們容易出血。如果這些病人在臨床上有明顯的流血，或者需要進行高危的醫學程序，醫生都會考慮為他們輸血漿來補充凝血因子，以減低流血的風險。

　　血漿亦可以用來治療一種名為血栓性血小板減少性紫癜（thrombotic thrombocytopenic purpura，簡稱TTP）的血液疾病。血栓性血小板減少性紫癜患者的血液中欠缺了一種名叫ADAMTS13的蛋白質。正常人的血液中有一種名叫溫韋伯氏因子的凝血蛋白質，它像是血液中的膠水，負責在血管破損時把血小板與血管的內皮（endothelium）黏在一起，幫助止血。溫韋伯氏因子以超大型聚合體（ultralarge multimer）的形式存在在血液中，而ADAMTS13則像是剪刀，把這些超大型聚合體剪細。當身邊欠缺ADAMTS13，溫韋伯氏因子超大型聚合體就像是「超級膠水」，即使血管沒有破損，它都不斷把血小板與血管內皮黏在一起，製造微小的血栓，造成微血管病性溶血性貧血（microangiopathic haemolytic anaemia）。

　　血栓性血小板減少性紫癜病人有所謂「五重症狀」（pentad），包括微血管病性溶血性貧血、血小板數量減少、發燒、腎功能受損及神經症狀。其中腎功能受損及神經症狀是由於供應腎臟及腦部的血液受阻而引起的。在這個病剛被醫學界發現時，病人是九死一生的。幸好我們現在已經發展出非常有效的方法去處理這個疾病，就是血漿交換（plasma exchange）。做法是用機器把病人的血漿移走，再輸入其他捐贈者的血漿，透過捐贈者的血漿補充病人的ADAMTS13蛋白。研究顯示，血漿交換可以把血栓性血小板減少性紫癜的死亡率從90%降至10%至20%。

　　血漿曾經是抵抗納粹德國的尖端技術產物，不過隨著時代巨輪的轉動，血漿已經「飛入尋常百姓家」，成為了一般醫院血庫中不可或缺的醫療物資。

於珍珠港初試啼聲的
白蛋白製劑

1941 年 12 月 7 日星期日，被派駐到夏威夷珍珠港海軍基地的美國士兵們剛度過了週末狂歡。有些士兵正在海旁享受著恬靜的早晨，有些士兵則仍然沉睡在夢鄉中。忽然，轟隆巨響劃破了寧靜，熊熊的火光冒起。原來日本聯合艦隊派出了戰機突襲珍珠港基地。

由於美軍完全沒有準備，他們毫無還擊之力。當天，日軍共出動 350 餘架飛機，40 多艘美軍船艦艇受損，200 多架飛機遭炸毀，並導致 4,000 多名美軍陣亡。美國的主力戰艦亞利桑那號亦慘遭擊沉，艦上的 1,512 名船員中有 1,117 名遇難。

這就是歷史上著名的偷襲珍珠港事件。

偷襲珍珠港事件自 1940 年已經開始醞釀。當時，日軍在中國戰場中陷入困局，於是軍方試圖轉到太平洋地區中擴張勢力。日本趁法國被德國擊敗之際，入侵法屬印度支那，即大約是今天的越南、老撾、柬埔寨的地區。美國政府要求日本軍隊撤離法屬印度支那，並聯同荷蘭流亡政府及英國切斷對日本的石油供應。因此，日

本決定對英美開戰。不過日本心知美國的動員能力強大，唯一擊敗美國的方法就是趁美國未動員前對美國海軍的太平洋艦隊作出致命一擊，並在有利的條件下與美國和談。於是日本海軍聯合艦隊司令長官山本五十六就擬定了以航空母艦偷襲珍珠港的計劃。

偷襲珍珠港事件後，美國對日本宣戰。

美國被捲入第二次世界大戰之後，持續以其強大的工業能力為同盟國陣營提供大量的資源，並成了同盟國戰勝的關鍵。

輸血科學的轉捩點

偷襲珍珠港事件是第二次世界大戰的重要轉捩點，但原來事件同時也是輸血科學的轉捩點。

話說在第二次世界大戰之前，醫生為病人輸血時大多只用全血。全血是指未經分離的血液，它包含著紅血球、血小板、血漿等所有的血液成分。

我們在〈5.3 血液救英國〉一文中介紹過，美國在加入第二次世界大戰之前就已經積極準備輸血工作。其中一項工作就是由美國國家研究委員會（United States National Research Council）

利用科學技術提升國防能力。美國軍隊就提議委員會研究如何利用血液治療創傷、燒傷或出血引起的休克（shock）。

除了全血與血漿外，委員會亦希望可以發展出一種血液的代替品。美國國家研究委員會生理學部的主席坎農（Walter Cannon）於是聯絡了哈佛大學醫學院物理化學系教授科恩（Edwin Cohn），邀請他研發安全及有效的方法去分離出牛血液中的蛋白質成分。因為牛血液是肉類加工業的副產品，可以輕易獲得大量供應。

1940 年夏天，科恩發展出低溫乙醇分餾法（cold ethanol fractionation），這種技術可以把牛血漿中不同的蛋白分離出來，其中一種就是白蛋白（albumin）。

白蛋白是甚麼呢？它是血液中的重要蛋白質，由肝臟製造，負責控制血液的滲透壓（osmotic pressure）及血漿容積。在人體中，每公斤的體重就約有 4 至 5 克的白蛋白，其中約有 30% 至 40% 在血管內。在每公升的血漿中就有約 40 至 50 克的白蛋白，它負責了血漿中 80% 的滲透壓。

為何國家研究委員會會對白蛋白產生興趣呢？原來白蛋白溶液是種膠體（colloid），當進入血液後會停留在血管內，增加血液的

滲透壓，並透過滲透作用（osmosis）令水分停留在血管內而不會流失到組織中，所以理論上可以改善休克病人的血壓。

牛白蛋白在 1941 年 4 月開始進行臨床試驗。可惜，由於牛白蛋白上的抗原與人類白蛋白上的抗原不盡相同，它會激發人類的免疫系統，引起血清病（serum sickness），症狀包括發燒、關節痛、皮膚出疹等。而兩個試驗者更在接受牛白蛋白後不幸離世，試驗計劃只好暫停。

雖然牛白蛋白的效用未如理想，不過科恩發展出的技術卻早於牛白蛋白進行臨床實驗前已被應用在另一個項目上，就是從人類血漿中分離出白蛋白。理論上，每個人體內的白蛋白成分都是相同的，所以傷者接受了提取自其他人的白蛋白後，免疫系統理應不會對它產生反應，這樣就可以避免血清病的問題。

1940 年 8 月，人類血漿分離開始在哈佛實驗室進行。1941 年 4 月，人類白蛋白的臨床試驗在波士頓正式展開。根據初步的研究，每克白蛋白能夠將約 18 毫升液體吸引到循環系統中，這可以有效地提升血壓，對休克的病人有莫大的幫助。

當時的研究人員萬萬想不到，珍珠港會成為白蛋白的試驗場。

檔案五
輸血醫學

偷襲珍珠港事件後，美國賓夕法尼亞大學的醫生拉夫丁（Isidor Ravdin）被派駐到現場治理傷者。危急關頭之下，他帶同了多樽實驗用的人類白蛋白濃縮劑，試圖用它治療傷兵。

日軍的襲擊令到港口中的戰艦及儲油庫起火，很多美軍都有嚴重燒傷。他們血液內的血漿從燒傷部位流失，因而出現嚴重水腫。傷者的水分流失，令他們血壓急降，並出現休克。

拉夫丁為七名嚴重受傷的傷者輸入白蛋白濃縮劑。這是白蛋白初試啼聲，想不到就已經一鳴驚人。白蛋白的治療效果竟然相當理想，例如其中一名昏迷的傷者在接受白蛋白治療後翌日甦醒過來，更可以開始進食。最終，所有接受了白蛋白治療的傷者都成功存活過來。

偷襲珍珠港事件後，白蛋白聲名大噪，風頭一時無兩，成了軍方心目中的「救命神藥」。美國軍方意識到白蛋白的神奇功效，並把濃縮的人類白蛋白當成可以方便且安全地運輸及使用的血液替代品。軍方甚至設計出標準的套裝，方便前線的軍人使用。隨後，商業製藥公司亦加入了人類白蛋白的生產，為美國的戰鬥出一分力。最終，戰爭期間共有七家製藥公司參與生產，它們共處理了 2,329,175 單位的血液，並生產出超過 570,000 包人類白蛋白，挽救了無數盟軍士兵的性命。

現代輸血醫學中的白蛋白

二戰時，白蛋白溶液被用於治療休克。不過，醫學界在之後已經發展出更為有效及容易使用的膠體溶液——琥珀醯明膠（succinylated gelatin）。但這並不代表白蛋白需要被淘汰，相反，白蛋白在現代輸血醫學中依然佔有重要的地位。

舉個例子，肝衰竭的患者不能由肝臟製造足夠的白蛋白，而腎病綜合症（nephrotic syndrome）的患者則透過腎臟排出過量的白蛋白。這兩類患者血液內的白蛋白太少，他們血液中的水分未能有效地留在血管中，水分可以流失到細組織或腹腔內，引起水腫及腹水。醫生處理腹水時一般都會使用腹腔穿刺術（paracentesis）的方法，把針刺入腹腔中抽取腹水。之後，醫生會為病人輸入白蛋白，提升血液的滲透壓，避免腹水再次形成。

而到了今天，白蛋白依然是從人類血漿中提取的，所以依然需要依靠捐血者無私的捐贈。

在香港，收集血液由香港紅十字會輸血服務中心負責。輸血服務中心在收集血液之後，會把血液分成紅血球、血小板及血漿三部分。而部分的血漿會再被進一步處理，分為不同的蛋白質成分，製作成血液製品。除了白蛋白溶劑之外，還有靜脈注射免疫球蛋白

（intravenous immunoglobulin）及不同的濃縮凝血因子製劑
（coagulation factor concentrate）。

靜脈注射免疫球蛋白可以調節免疫系統，因而常被用於治療自身免疫性疾病，最典型的例子莫過於免疫性血小板減少症（immune thrombocytopenia，簡稱 ITP；又稱免疫性血小板減少性紫癜，immune thrombocytopenic purpura）。而濃縮凝血因子製劑則可以用於治療甲型血友病、乙型血友病等的凝血因子缺乏症。

香港紅十字會輸血服務中心以「捐一次血可以救三個人」作口號，突出捐血的重要性。這句口號是基於捐贈者的血液會被分成紅血球、血小板及血漿三部分，使血液可以分別捐給三個人，拯救到三條生命。不過，如果血漿再被進一步處理，製作成更多的血液製品，可以幫到的病人就更加多。捐一次血可以救多於三人，可以說是別具一番意義。

檔案六

其他與血液學相關的疾病

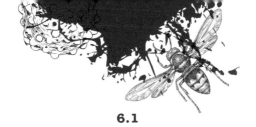

6.1
鐵漢柔情
戴高樂

戴高樂（Charles de Gaulle）是法國人心目中的民族英雄。

　　第二次世界大戰期間，法國被納粹德國擊敗並佔領。法國淪陷後，戴高樂隨即前往英國組織「自由法國」流亡政府，繼續抵抗德軍。他帶領自由法國的武裝力量在北非與歐洲抵抗德國，又統領德佔區內的游擊隊對納粹德軍進行敵後破壞。盟軍在 1944 年 6 月 6 日反攻歐洲，於諾曼第登陸。法國抵抗力量亦於 8 月在巴黎起義，試圖重奪巴黎的控制權。戴高樂說服盟軍的最高決策層對起義給予支援。最終，成功解放巴黎。戴高樂在巴黎市政府大廈發表演講，宣布奪回巴黎。

　　在第二次世界大戰之後，戴高樂擔任臨時政府總理，卻因組建政府受挫而被迫引退。法國之後因阿爾及利亞獨立戰爭而陷入政局動盪，戴高樂推動新憲法以解決危機，促成法蘭西第五共和國成立，戴高樂亦出任了首任共和國總統。

戴高樂在任內推動法國成為獨立自主、且強大的國家，確保其經濟、軍事、外交不可過度依附於其他國家。他在軍事上推動法國發展核武，又退出北約組織。在外交上，他促進法德和解並希望兩國能全力合作，以歐洲一體化為最終目標。他又認為英國在外交上與美國過度親近，於是兩次否決了英國加入歐洲經濟共同體的申請。

戴高樂的掌上明珠

戴高樂一生戎馬，征戰沙場，其硬朗的鐵漢形象深入民心。唯獨在他的女兒安娜面前，戴高樂才會展露出其鐵漢柔情的一面。

安娜是個唐氏綜合症（Down's syndrome）的患者。唐氏綜合症是一種染色體遺傳性疾病，它是由於患者細胞中多了一條額外的第 21 號染色體所致。唐氏綜合症是常見的染色體遺傳性疾病，在新生嬰兒中，大約 700 人之中有一名會有唐氏綜合症。

多出來的第 21 號染色體會影響身體的不同系統。患者會有發育遲緩及智力障礙。另外，患者也有特殊的面部特徵，例如臉部扁平、頸短、眼距寬、舌長並伸出口外等。此外，唐氏綜合症患者身體的其他部分都會有各式各樣的問題，例如患者常有不同嚴重程度的先天性心臟病，高達 40% 至 60% 唐氏嬰兒出生時就有心漏症。

　　戴高樂並沒有因為安娜的疾病而嫌棄她，反而對她更加愛護備至。戴高樂公務繁重，但不論工作多麼忙碌，戴高樂都會盡量抽出時間陪伴女兒，帶她到花園散步，或者為她講故事，甚至會唱歌跳舞哄她開心。總之，戴高樂會盡量滿足女兒的所有需求。

　　曾經有人建議戴高樂將安妮寄養到療養院，可是戴高樂卻不願意。他說：「安娜並非自己要求降生到人間來的，我們要想盡辦法使她過得幸福一些。」當時他只是名上校，算不上非常富裕，不過他節衣縮食，在科隆貝（Colombey）買了間漂亮房子。他認為那兒的環境較好，綠草如茵，對安娜的發展比較好。而且那兒遠離煩囂，讓她可以遠離其他人的目光，與父母安靜共處。第二次世界大戰期間，戴高樂被迫流亡，但他依然時刻都把安娜帶在身邊。

　　雖然戴高樂把安娜照顧得無微不至，不過由於先天性的身體缺陷，安娜始終比常人更易生病。例如唐氏綜合症患者很容易出現肺炎，成人患者患肺炎的機率是常人的約五倍。肺炎也是成人唐氏綜合症患者的首要死亡原因。

　　安娜於 1948 年 2 月 6 日亦因肺炎病逝，得年 20 歲。據說在她離世之前，她只能清楚地說出一個詞語，就是「爸爸」。

　　為了紀念心愛的女兒，戴高樂夫婦把他們設立的基金會命名為安娜·戴高樂基金會。這個基金會的目標是幫助那些和安娜一樣患

有唐氏綜合症的孩子。戴高樂又把女兒生前的住所改建成基金會的辦公處。

在安娜過身之後，戴高樂依然記掛著她，並且經常把她的相片攜帶在身。有一次，戴高樂遭到暗殺，但據說射向他的子彈卻剛好被他一直攜帶，安娜照片的框架擋住了。他對安娜的思念也在冥冥之中救了他一命。

1970 年，戴高樂亦離開人世。他作為一位法國的民族英雄，在生前卻沒有選擇葬於法國的政治中心——首都巴黎。他的遺願是葬於科隆貝，安娜的墓地旁，以另一種方式繼續在安娜身旁守護著她。

唐氏綜合症相關的血液疾病

唐氏綜合症患者額外的第 21 號染色體對身體的不同部分都有影響，除了腦部、心臟及骨骼之外，還有較為不為人所知的腸臟、甲狀腺、牙齒等。受疾病影響的當然也少不了本書的主角——血液。

首先，唐氏綜合症的新生嬰兒常出現輕微的血液變化，例如血紅蛋白濃度增高、血小板減少及嗜中性白血球減少等。

　　唐氏綜合症患者亦有可能出現一種特有的血液疾病——暫時異常骨髓細胞生成（transient abnormal myelopoiesis，簡稱TAM）。這是一種暫時的急性白血病，初生唐氏綜合症患者的發病率高達10%。這個疾病與 *GATA1* 基因有關，患上綜合症的人會更易有 *GATA1* 的基因突變。患者的血液中會出現大量的母細胞（blast cell）（圖6.1.1），也就是白血病的癌細胞。這些母細胞很多時候都是原巨核細胞（megakaryoblast），也就是說它們是巨核細胞（megakaryocyte）的前身。在形態學上，這些母細胞的細胞質會有特別的泡狀（bleb）形態，就好像細胞的周圍生了「水泡」一樣。

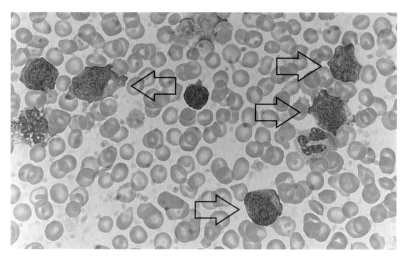

圖 6.1.1　暫時異常髓細胞生成患者的周邊血液抹片，箭頭標示著母細胞

　　暫時異常骨髓細胞生成的症狀亦與其他急性白血病一樣，包括貧血、出血，甚至有心肺功能衰竭、肝纖維化等嚴重併發症。疾病一般在初生嬰兒中出現，不過大部分情況下患者都不需接受化療，並會在約三個月之內自動康復。

　　由於暫時異常骨髓細胞生成是一種暫時性的白血病，所以甚少會危及患者的性命。不過，暫時異常髓細胞生成的康復者約有20% 至 30% 會在約 4 歲時出現更致命的非暫時性的急性白血病。

　　我們並沒有任何的資料顯示安娜患有暫時異常骨髓細胞生成。不過約有 10% 至 25% 的暫時異常骨髓細胞生成患者完全沒有症狀，只是偶然進行血液檢查才發現患病。在戴高樂與安娜的年代，血液檢查不如現在流行，當年的唐氏綜合症患者有可能患上暫時異常骨髓細胞生成，之後自動康復，而一直都沒有被診斷出疾病。

　　除了暫時異常骨髓細胞生成外，由於第 21 號染色體上有 *ERG*、*CHAF1B* 及 *DYRK1A* 等基因，影響造血細胞的生長，唐氏綜合症患者患上其他急性白血病的機率亦會大增。他們患有急性骨髓性白血病（acute myeloid leukaemia，簡稱 AML）的機率是正常人的 150 倍，而他們患上急性淋巴性白血病（acute lymphoblastic leukaemia，簡稱 ALL）的機率則約是正常人的30 倍。

　　唐氏綜合症患者單單是血液就已經有如此多的問題，再加上其他身體部位的毛病，令到他們非常需要特別的照顧。安娜不幸患上唐氏綜合症，不過幸好她有一位細心體貼的父親戴高樂，為她的短暫一生帶來了歡樂與溫暖。

安息帝國國王的「王室象徵」

兩河流域與伊朗地區是人類古文明的重要搖籃，這個區域曾經出現過很多名震一時的古帝國。最有名的例子莫過於波斯阿契美尼德王朝（Achaemenid Empire），又稱波斯第一帝國。

該帝國於公元前550年創立，並打倒了新巴比倫、埃及等大國，一統中東。阿契美尼德王朝在大流士一世（Darius I）時代進入全盛時期，領土橫跨歐亞非三洲，西至愛琴海北岸，東至印度河，是一個在當時史無前例的大帝國。波斯第一帝國的薛西斯一世（Xerxes I）曾嘗試征服希臘，並與斯巴達及雅典等城邦作戰，最後希臘城邦聯手抵抗，令波斯軍隊不得不退兵。經典電影《戰狼300》（*300*）與《戰狼300：帝國崛起》（*300: Rise of an Empire*）就是以這段歷史為基礎。不過，這兩套電影雖然是動作場面相當精彩的熱血爽片，但電影大幅改編了歷史，大家不能把它們當成正式歷史去看待。

公元前330年，馬其頓的亞歷山大大帝（Alexander the Great）征服了波斯第一帝國。不過，亞歷山大大帝在32歲時就

過世了，這塊土地之後落入他的部將塞琉古一世（Seleucus I）手中，並成了塞琉古帝國（Seleucid Empire）。直至公元前1世紀，安息人（Parthian）推翻了塞琉古帝國，並創立了安息帝國（Parthian Empire）。這塊波斯土地從此成了安息帝國的領土。

安息帝國是一個奴隸制帝國。它的藝術、建築、宗教融合了波斯文化、希臘文化和區域文化。它連接了羅馬帝國與中國漢朝之間的絲綢之路貿易路線，是一個貿易與商業中心。

安息硬幣埋藏著的神秘謎團

安息人並沒有正式研究歷史，因此有關安息帝國歷史的文獻記載相對較少。我們今天所認識的大部分的安息帝國歷史都是來自希臘和羅馬的歷史文獻。

有趣的是，史學家卻對於安息的一眾國王的外貌有著深刻的了解。為甚麼呢？

原來每位安息帝國的君王都會發行屬於自己的硬幣。硬幣上栩栩如生地刻畫了國王的樣貌，非常仔細，就連他們的髮型及鬍鬚都描繪得一清二楚，我們甚至可以從中觀察到不同時代國王的髮型變

化，從近東的三角髮型慢慢演變到貼近希臘式的短髮。這些硬幣成了歷史學家認識安息帝國歷史的重要資料。

而歷史學家更在硬幣中找到了一個有趣的現象，就是從約公元前100年的米特里達梯二世（Mithridate II）一直到公元56年的瓦爾丹斯二世（Vardanes II），安息帝國的大部分國王的臉上都有一個突起的腫塊，有人甚至認為這已經成了當時王室身份的一個象徵。這個現象引起了很多學者的興趣，究竟安息國王們臉上的腫塊是甚麼呢？

由於眾多安息國王都有類似的腫塊，學者們相信這症狀的罪魁禍首是一種遺傳性疾病，因此疣（wart）、毛囊上皮瘤（trichoepithelioma）或皮膚癌等較常見的皮膚病變都不太可能是腫塊的元兇（它們都不是遺傳性疾病）。

2008年，澳洲昆士蘭大學的學者托德曼（Don Todman）在《神經科學歷史期刊》（*Journal of the History of the Neurosciences*）上發表文章討論安息國王臉上腫塊的成因，他認為腫塊的真正身份可能是與神經纖維瘤症第1型（neurofibromatosis type I）相關的皮膚型神經纖維瘤（neurofibroma）。

究竟神經纖維瘤症第 1 型是一種怎麼樣的疾病？它又為何會引起皮膚腫塊呢？

神經纖維瘤症第 1 型是一種由 *NF1* 基因突變所引起的顯性遺傳疾病。這種疾病頗為常見，大約每 3,000 人就有一人患病。*NF1* 基因負責製造蛋白去調控 RAS 信號傳導，而 *NF1* 基因的突變會令 RAS 信號過於活躍，加速細胞生長，影響神經及皮膚組織，引起各式各樣的症狀。

神經纖維瘤症第 1 型最主要的症狀當然就是神經纖維瘤。神經纖維瘤是一種由神經和纖維細胞交織而成的良性腫瘤，腫瘤可出現在身體的任何部位。皮膚型神經纖維瘤長在皮膚上，腫瘤如結節般，並且呈肉色或粉紅色。根據托德曼的推斷，安息硬幣上刻畫出的國王的結節就是這些神經纖維瘤。

另一個重要的神經纖維瘤症第 1 型症狀就是皮膚色斑。這些色斑的顏色啡中帶白，就如混和了牛奶的咖啡般，因此被稱為「咖啡牛奶斑」。此外，神經纖維瘤症第 1 型亦會影響骨骼，造成脊柱側彎及其他骨骼畸形的問題。

神經纖維瘤症第 1 型與幼年型骨髓性單核球性白血病

聰明的讀者朋友相信已經猜到，神經纖維瘤症第 1 型亦與血液有著密不可分的關係。相較一般大眾，患有神經纖維瘤症第 1 型的兒童患者有高近 200 至 500 倍的機率患上一種罕見的白血病——幼年型骨髓性單核球性白血病（juvenile myelomonocytic leukaemia，簡稱 JMML）。

顧名思義，幼年型骨髓性單核球性白血病是一種幼年人特有的疾病，大部分患者都是 4 歲以下的兒童。而其中有近 11% 的患者都同時患有臨床上的神經纖維瘤症第 1 型，而且更有接近 30% 的患者有 *NF1* 的基因突變，亦即引起神經纖維瘤症第 1 型的基因突變。

幼年型骨髓性單核球性白血病非常罕見。美國每年只有 25 至 50 個新增病例，即每年每 100 萬個兒童中只有 1 至 2 宗幼年型骨髓性單核球性白血病新個案。

疾病被描述為「骨髓性」與「單核球性」，意思是指白血病的癌細胞是骨髓性細胞（myeloid cell）及單核球性細胞（monocytic cell）。患者的血液及骨髓中有大量這些類型的細胞。這種白血病的症狀包括疲倦、流血、發燒、肝脾腫大等。

檔案六

其他與血液學
相關的疾病

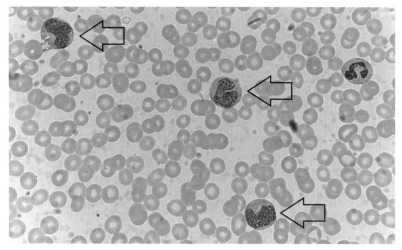

圖 6.2.1　幼年型骨髓性單核球性白血病患者的周邊血液抹片，箭頭標示著單核球
　　　　　（monocyte）

　　幼年型骨髓性單核球性白血病是一種致命的疾病，假如病人不接受異體骨髓移植的治療，病人的存活時間可以短至 10 至 12 個月，他們大部分都會因白血病癌細胞入侵肺部，引起呼吸衰竭而死。因此，大部分的患者都需要接受異體骨髓移植去增加存活機會。

　　近年，科學家進一步研究幼年型骨髓性單核球性白血病，令我們對疾病的分子機制有更深入的認識。科學家發現幼年型骨髓性單核球性白血病的成因與造血細胞的 RAS 信號傳導過度活躍有關，而 *NF1* 基因突變正正可以令 RAS 信號傳導變得活躍，引起這

種白血病。除了 *NF1* 外，科學家又發現另外四種基因（*NRAS*、*KRAS*、*PTPN11*、*CBL*）的突變都會有類似的效果，引起幼年型骨髓性單核球性白血病。

那麼，安息國王們又有否患上幼年型骨髓性單核球性白血病呢？

正如前文所講，安息帝國歷史的文獻記載相當少，學者對他們生平的所知相當有限。學界連他們是否真的患有神經纖維瘤症第1型都未有定論，更遑論與神經纖維瘤症第1型相關的幼年型骨髓性單核球性白血病。要確認安息國王們是否患有神經纖維瘤症第1型，唯一的方法就是找到國王們的骸骨，並進行基因檢測。

然而，單從疾病的特性推斷，假設其中一個安息王族的成員患有神經纖維瘤症第1型，並同時不幸患上了相關的幼年型骨髓性單核球性白血病，他的存活時間應該很短，應該還未長大到可以繼承王位就會死亡。因此，安息帝國的國王患有幼年型骨髓性單核球性白血病的機率應該是相當的低。

檔案六
其他與血液學
相關的疾病

6.3
被摩納哥親王
耽誤的科學家

提起摩納哥這個世上面積第二小的國家,不知道大家會聯想起甚麼呢?蒙地卡羅賭場?賽車?富豪?

今天,摩納哥是一個以旅遊聞名的富庶小國。因為賭場的收入,當地的國民甚至不用交稅。但原來這個金碧輝煌的小國也有著豐富而有趣的歷史。今次,史丹福想介紹一個摩納哥親王阿爾貝一世(Albert I)在無心插柳之下改寫了醫學的趣聞。

摩納哥是一個君主立憲制國家,摩納哥親王就是國家的君主。阿爾貝一世是摩納哥史上最重要的親王之一,於 1889 至 1922 年在位。

在阿爾貝一世即位的初期,摩納哥的政治與經濟被法國控制。1911 年頒布憲法,確立了摩納哥的君主立憲政制,並顯示了摩納哥是一個主權獨立國家,而不是單純的法國附庸。為了擺脫對法國的依賴,阿爾貝一世任內積極推動摩納哥的經濟,發展賭場、歌劇院,又興建新的博物館。

阿爾貝一世的科學貢獻

雖然阿爾貝一世對摩納哥的建樹頗多，不過他最為人所知的成就並不是他的政績，而是他對科學的貢獻。

阿爾貝一世是一位海洋學專家。除此之外，他也對人類古生物學及礦物學很感興趣。他可以稱得上是一位「被摩納哥親王耽誤的科學家」。自青年時代開始他就已經對海洋學這個新興起的科學學科產生了濃厚的興趣，他發展出一些新技術及新儀器去進行海洋的測量及探索。

他曾擁有四艘先進的研究船，並進行過多次海洋探索任務。他與其他科學家一起詳盡地測量地中海，繪畫出不少精準的地圖與測量圖表。除了地中海之外，他也對北極地區很有興趣。在 1898 至 1907 年間，他乘坐研究船到北極圈的斯瓦爾巴群島（Svalbard）區域進行了四次科學考察任務。為了紀念他的貢獻，該區域中最大的島嶼史匹茲卑爾根島（Spitsbergen）的西北地區被命名為阿爾貝一世地（Albert I Land）。

1906 年，阿爾貝一世在摩納哥設立了海洋研究所（Institut Océanographique）。1910 年，阿爾貝一世帶領海洋研究所建成了摩納哥海洋博物館，裡面放置了大量阿爾貝一世收集到的海洋生

物樣本。博物館除了是一個供市民及遊客參觀的景點外，同時亦是一座重要的學術研究中心。例如地中海科學委員會的第一次會議就是由阿爾貝一世出任主席，在海洋博物館內舉行。

阿爾貝一世對海洋學的貢獻廣受國際肯定，他曾是巴黎地理學會（Société de Géographie）與英國國家學術院（British Academy）的成員。1918 年，他因為對海洋學具獨創性的貢獻而獲得了美國國家科學院（United States National Academy of Sciences）所頒發的亞歷山大·阿加西茲勳章（Alexander Agassiz Medal）。

無心插柳

海洋學本身與醫學的關係不大，不過阿爾貝一世對海洋學的興趣卻在無心插柳的情況下促進了一個非常重要的醫學發現。

話說在 1902 年，阿爾貝一世獲得了僧帽水母（*Physalia physalis*）的樣本，並把水母收藏在他的研究船上。阿爾貝一世對僧帽水母的毒液很感興趣。這種水母有「葡萄牙戰艦」的稱號，其毒液毒性頗強，被這水母刺到的話，輕則劇痛，重則致命。

　　為了研究這種水母的毒液，阿爾貝一世邀請了法國生理學家里歇（Charles Richet）和醫生鮑迪（Paul Portier）到其研究船上進行研究。兩位科學家從水母觸鬚中提取毒物的樣本。他們試圖利用類似疫苗免疫的原理令狗隻獲得對毒素的抵抗力。他們先把小劑量的毒素注入狗隻體內，讓狗隻免疫。隔一段時間後為狗隻注射第二劑毒素。他們本來以為免疫會令狗隻對毒素的抵抗力提升，殊不知結果卻完全相反。狗隻出現了嚴重的反應，出現呼吸困難，並很快死亡。他們發現無論第二劑的毒素劑量多小，都不影響結果，狗隻最終都會出現嚴重反應並死亡。

　　究竟狗隻身上發生了甚麼事呢？

　　以現今的免疫學知識來解釋，狗隻在首次接觸到水母的毒液後，會出現敏感化（sensitization），身體中的 B 細胞大量製造出特定的免疫球蛋白 E（immunoglobulin E，簡稱 IgE）抗體。IgE 抗體與水母毒液中致敏原結合後，會附著在肥大細胞（mast cell）的表面。當狗隻之後再次接觸水母毒液中的致敏原，致敏原就會和肥大細胞表面上的 IgE 結合，誘發肥大細胞釋出組織胺（histamine）、白細胞介素（interleukin）、細胞因子（cytokine）等發炎物質。這些發炎物質引致血管性水腫（angioedema），令皮下組織及黏膜局部腫脹。這現象可出現在面部、舌頭、喉部等地方，影響上呼吸道。除此之外，身體多個系

統都會受到影響，例如呼吸系統（支氣管收縮、呼吸困難）、循環系統（心率不整、低血壓）及消化系統（腹部絞痛、嘔吐），嚴重的甚至會休克及死亡。

最後里歇和鮑迪把這個免疫學現象命名為全身型過敏性反應（anaphylaxis）。

全身型過敏性反應當然不止會發生在狗隻身上。其實人類也一樣會出現全身型過敏性反應，發病的機制基本上完全一樣。里歇其後繼續研究全身型過敏性反應的現象，並於1913年獲得諾貝爾生理學或醫學獎。

親王阿爾貝一世雖然並沒有直接參與研究，但他也是此發現的重要推手。摩納哥之後亦曾經發行過郵票去紀念這件美事，郵票上印有阿爾貝一世、里歇、鮑迪、僧帽水母與研究船的圖像。

全身型過敏性反應與血液學

那麼全身型過敏性反應又與血液學有何關係呢？

雖然全身型過敏性反應是一個普遍的醫學問題，所有醫學領域的醫學與病人都有可能遇到，不過既然這本書以血液學為主題，我

們不妨在此探討一個與輸血醫學息息相關的臨床問題——輸血相關全身型過敏性反應。

輸血相關的全身型過敏性反應是醫生與病人的惡夢。輸血本應是救人的程序，但全身型過敏性反應卻可以毫無預兆地把接受輸血者的性命奪走。過敏性反應一般在輸血後數分鐘內發生，成因是輸入的血液中含有令病人過敏的物質，而當中大部分的致敏物質都是血漿中的蛋白質。

醫學界發現某些病人特別容易出現輸血相關的全身型過敏性反應，其中一種就是選擇性免疫球蛋白 A 缺乏症（selective immunoglobulin A deficiency）的患者。這種病的患者先天性缺乏一種名為免疫球蛋白 A（immunoglobulin A，簡稱 IgA）的免疫蛋白。由於患者體內缺乏 IgA 蛋白，他們的免疫系統可能把 IgA 蛋白當成外來的敵人，當他們透過輸血首次接觸到外來的 IgA 蛋白後，身體有可能製造出對抗 IgA 蛋白的 IgE 抗體；當病人之後再次接受輸血，第二次接觸 IgA 蛋白時，身體就可以透過之前介紹的機制觸發全身型過敏性反應。

因此，醫生為選擇性免疫球蛋白 A 缺乏症患者輸血時必須特別小心，密切監察著受血者的維生指數。醫生也可以要求輸血服務中心特別安排洗滌紅血球（washed red cells）來為病人輸血。

洗滌紅血球經過特別的清洗過程，洗走混合在紅血球中的血漿，所以 IgA 蛋白亦會被清除掉。假如患者真的不幸在輸血後出現全身型過敏性反應，醫生應即時為病人注射腎上腺素（adrenaline）作急救。

　　血液學與過敏性反應的關係遠不止於此。請容史丹福先在此賣個關子，在之後的篇章繼續介紹其他與過敏性反應有關的血液學疾病。

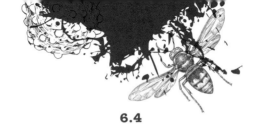

6.4
埃及一代明君，難敵黃蜂尾後針

古埃及文明散發神秘又獨特的吸引力，令世人著迷。不少考古學家及歷史學家都耗盡畢生之力，嘗試破解古埃及的奧秘。

提起古埃及，當然不得不提傳說中的首位法老——美尼斯（Menes）。埃及本來分為上埃及與下埃及兩個獨立政權，分別位處尼羅河上下游。下埃及的君主佩戴紅色的王冠，並視眼鏡蛇為保護神；而上埃及的君主則佩戴白色王冠，並供奉禿鷲。相傳來自南方上埃及的美尼斯成功統一了上下埃及，成為首名法老。他佩戴紅白色的雙重王冠，象徵上下埃及統一。

由於上下埃及統一的年代久遠，歷史學家對美尼斯所知甚少。美尼斯這個名稱最先在他死後約 1,300 年之後出現在象形文字中，但文字中並沒有記錄他的生平。之後再過了約 1,000 年之後，即公元前 3 世紀時，古埃及祭司和歷史學家曼涅託（Manetho）用希臘文寫《埃及史》一書時又再提及這名字。不過亦有文獻或文物用其他名稱去稱呼統一埃及的法老，例如考古學家在埃及的耶拉孔波

利斯（Hierakonpolis）發現了重要的文物——納爾邁調色板。該調色板就以納爾邁（Narmer）來稱呼統一埃及的人。

雖然我們對美尼斯認識不多，甚至連他的真實名稱都未能確定，不過他一統埃及的意義非常重大，他令到埃及逐漸形成了完善及穩定的國家體制，令埃及可以孕育出輝煌的文明。他開啟了古埃及的第一個王朝，最終古埃及從公元前 3100 年一直延續至公元前 332 年，一共跨越了將近三千年時間，經歷了 31 個王朝，就如尼羅河一樣綿延不絕。

人有旦夕禍福

美尼斯雖然是統一埃及的一代明君，不過即使強如美尼斯，在自然界的力量之下只是相當渺小。

古埃及學者對美尼斯的死因眾說紛紜，到現時仍未有共識，不過每一個說法都非常有戲劇性，而且都牽涉到危險的動物。

根據曼涅託的記載，美尼斯是被河馬殺死的。古希臘的歷史學家狄奧多羅斯（Diodorus Siculus）曾記載過美尼斯被狗攻擊，結果掉進湖中，最後被鱷魚救起。有些現代的專家進一步解讀這故事，並把美尼斯之死歸咎於狗或鱷魚。而英國蘇格蘭探險

家及業餘考古學家華德爾（Laurence Waddell）在1930年寫了一本名為《埃及文明：它的蘇美爾起源與真實時序》（*Egyptian Civilization: Its Sumerian Origin and Real Chronology*）的書，他在書中解釋了他對古埃及文物上的象形文字的解讀。根據他的解讀，美尼斯曾經帶領船隊探險，並去考察「西方的盡頭」。美尼斯在「西方的盡頭」的一個山頂的湖邊被一隻黃蜂或大黃蜂刺到，之後便撒手人寰。

題外話，華德爾對西藏及近東的歷史都非常有興趣。他著有不少歷史及考古著作，雖然他某些著作頗為暢銷，但他的作品在學術界中備受爭議。有人把這位探險家及業餘考古學家形容為《奪寶奇兵》電影系列中瓊斯博士的原形。

黃蜂尾後針

河馬、狗與鱷魚都擁有龐大的身軀與尖銳的牙齒，可以置人於死地也是理所當然的。但華德爾的理論認為黃蜂是殺死美尼斯的兇手，小小一隻黃蜂又怎能致命呢？

眾所周知，黃蜂尾部的螫針連接分泌毒液的毒腺，黃蜂可透過螫針把毒液注入人體或其他動物的體內。黃蜂的毒液成分包括不同的酶、胺（amine）與肽（peptide）。黃蜂毒液的分量不多，毒

性也不是特別高。一般來說，被黃蜂螫傷後傷處會發紅，而且感到疼痛及腫脹。但仍然會有少數人會因為被刺而死，為何如此呢？

原來這在大部分情況之下都是免疫系統惹的禍。人體內的免疫系統就如警察一樣，負責維持秩序。維持秩序必然需要用到一定武力，不過武力程度必須要合適，不能夠過量。如果警察遇到一兩個小流氓，只需用到警棍及手銬等非致命武器即可把他們制伏。如果警察選擇用催淚彈、水炮，甚至是開槍，那就可能會傷及無辜，造成不必要的傷亡。同樣道理，黃蜂毒液會誘發免疫反應。適當的免疫反應能夠幫助身體移除毒液。不過有些病人的免疫系統過於活躍，在接觸到黃蜂毒液後激發全身型過敏性反應（anaphylaxis）。

一般來說，這些患者都在以前接觸過黃蜂毒液中的致敏原。身體在以往首次接觸致敏原時會出現敏感化（sensitization）：B細胞大量製造特定的免疫球蛋白E（immunoglobulin E，簡稱 IgE）。IgE 抗體會附著在肥大細胞（mast cell）的表面。黃蜂毒液中比較常引起這現象的物質包括磷脂酶 A1（phospholipase A1）與透明質酸酶（hyaluronidase）。當人體再次接觸黃蜂毒液中的致敏原，過敏原和肥大細胞表面上的 IgE 結合，並激活肥大細胞，誘發肥大細胞釋出不同發炎物質。這些物質會引起蕁麻疹、全身性發癢、舌頭或咽喉腫脹、呼吸困難、血壓下降、昏厥及失去知覺等症狀，嚴重的話更可以致命。據世界上不同地方進行過的統

計，在歐洲，約 0.3% 至 7.5% 的成人與 3.4% 的小童在被黃蜂刺到後都出現嚴重的全身性反應；而在韓國，有約 5.6% 遭蜂類刺傷的患者出現嚴重的全身性反應。

少數的病人從未接觸過黃蜂毒液中的物質。他們首次被刺就出現嚴重的全身型過敏性反應，究竟為何如此呢？

始作俑者——肥大細胞

從剛才的討論中，我們可以知道肥大細胞是全身型過敏性反應中的「靈魂人物」，沒有它，這個反應根本難以成事；假如肥大細胞失控，那麼病人就更容易出現嚴重的全身型過敏性反應。其中有兩種肥大細胞疾病都可以引起這個問題，它們就是全身性肥大細胞增生症（systemic mastocytosis）及肥大細胞活化綜合症（mast cell activation syndrome）。

肥大細胞本身就是一種很有趣的細胞，值得我們多作討論。肥大細胞由現代血液學的先驅埃爾利希（Paul Ehrlich）發現並命名的。究竟肥大細胞有何「肥大」之有？為何埃爾利希要選取一個如此可愛的名稱？原來他最初把這種細胞放在顯微鏡下觀察時，發覺它們在染色後會呈現很多紫藍色的粗顆粒，看起上來應該有足夠的營養，生長得又肥又大，因此他就取了這名稱。

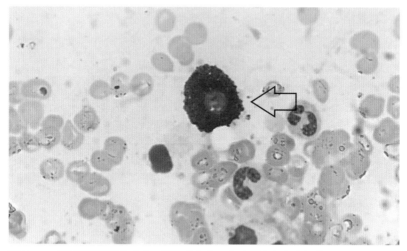

圖 6.4.1　箭頭標示著骨髓中的一顆肥大細胞，細胞質中有很多紫藍色的粗顆粒

　　肥大細胞可以在大部分的身體組織中找到，包括皮膚、肺部、消化道、口腔、鼻子，甚至是骨髓。肥大細胞的顆粒中有很多化學遞質（mediator），包括組織胺、肝素（heparin）、血清素（serotonin）、白三烯（leukotriene）、前列腺素（prostaglandin）等。肥大細胞釋出的化學遞質就是過敏反應的罪魁禍首。

　　接著讓我簡單地介紹一下全身性肥大細胞增生症及肥大細胞活化綜合症這兩種疾病。

　　全身性肥大細胞增生症是一種由肥大細胞引起的罕見血液腫瘤。這疾病的病徵很多元化，包括皮膚症狀、骨痛、肝脾腫脹等，不過最特別的症狀就是剛才提及的全身型過敏性反應，這當然是因為癌變的肥大細胞可以釋放出細胞內的化學介質。全身性肥大細胞增生症患者的骨髓或者其他組織會有肥大細胞的增生，它們有時候會形成異常的紡錘形（spindle-shaped）形狀，而且這些肥大細胞常有異常的 CD2、CD25 或 CD30 抗原。這些異常的肥大細胞會釋出一種名為肥大細胞類胰蛋白酶（mast cell tryptase）的化學物質，令患者血液中的肥大細胞類胰蛋白酶含量上升。另外，全身性肥大細胞增生症的異常肥大細胞大多都帶有 KIT D816V 突變。

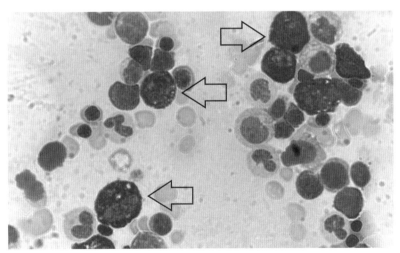

圖 6.4.2　全身性肥大細胞增生症患者的骨髓抽吸抹片，箭頭標示著肥大細胞

檔案六

其他與血液學
相關的疾病

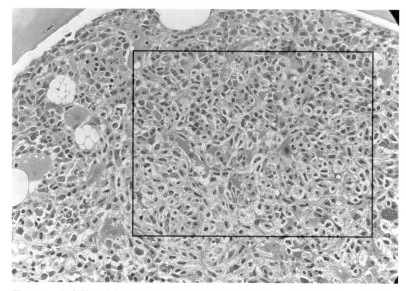

圖 6.4.3 全身性肥大細胞增生症患者的骨髓環鑽活檢片，方框標示著一片長條形的、像是紡錘的細胞，它們是異常的肥大細胞

　　全身性肥大細胞增生症的治療方式在傳統上以利用藥物控制症狀為主。不過，近來又出現了一種名為米哚妥林（midostaurin）的酪氨酸激素抑制劑（tyrosine kinase inhibitor）標靶藥物，它被證實可以有效地治療全身性肥大細胞增生症。

　　至於肥大細胞活化綜合症是另一種肥大細胞疾病，患者的肥大細胞過度活躍，並會在不適當的時候被激活，引起全身型過敏性反應。肥大細胞活化綜合症的治療方案包括抗組織胺類藥物

與孟魯斯特（montelukast）等的肥大細胞穩定劑（mast cell stabilizer）。另外，新藥物奧馬珠單抗（omalizumab）是一種抗 IgE 的單株抗體，它可以抑制 IgE 與肥大細胞上的受體結合，從而減低肥大細胞的敏感度，因此亦能有效治療肥大細胞活化綜合症。

假如美尼斯真的曾經被黃蜂刺到而出現全身型過敏性反應，他有可能同時患有肥大細胞的疾病，才會出現導致死亡的嚴重反應。

現代的醫生在遇到這個情況時會為病人抽取血液檢查肥大細胞類胰蛋白酶。如果患者的基線肥大細胞類胰蛋白酶增高，醫生就需要為病人安排骨髓檢查等的檢查，進一步調查病人是否同時患有肥大細胞相關的疾病。

真有其事？

美尼斯被黃蜂刺死的個案在醫學文獻中廣泛流傳。不少免疫學的教科書或學術文章甚至把這個案稱為人類史上首個全身型過敏性反應個案。

但究竟這說法又是否屬實呢？

檔案六
其他與血液學
相關的疾病

来自美國加利福尼亞大學三藩市分校（University of California, San Francisco，簡稱 UCSF，又經常譯為加州大學舊金山分校）麻醉及圍術期醫學部門（Department of Anesthesia & Perioperative Care）的麻醉科醫生克龍巴赫（Jens W. Krombach）曾在期刊《敏感》（Allergy）中發表文章討論這個問題。

他翻查華德爾《埃及文明：它的蘇美爾起源與真實時序》的原著，認為華德爾對古埃及象形文字的解讀並不正確。華德爾的理論來自兩塊烏木板，該兩塊烏木板出土自美尼斯眾多可能的埋葬地之一。有別於其他清晰地代表動物的文字，華德爾把其中一個半月形的象形文字解讀成黃蜂或大黃蜂。他覺得文字中的刻痕代表黃蜂的刺。不過這個「刺」只在第一塊烏木板中找到，第二塊烏木板卻沒有找到。克龍巴赫在文章指出古埃及學家普遍都不認同華德爾的解讀，他們覺得該個象形文字更有可能代表數字，而文字中的「刺」只是意外被畫花的刻痕。

華德爾的理論並不為古埃及學家接受，卻在醫學文獻中相當流行。這告訴我們，歷史資料往往有很多不同的解讀，學者在分析歷史的時候應盡量尋找不同的資料查證。可以的話，學者應盡量尋找初級資料（primary source），也就是關於某個事件或現象的第一手資料且配合其來源去小心考證。這樣才可以獲得最為可靠的資料，避免歷史資料被錯誤解讀的問題。

6.5
華盛頓的假牙

華盛頓（George Washington）是美國的開國英雄及首任總統。他在美國獨立戰爭期間擔任美國大陸軍總司令。面對著實力遠比大陸軍強大的英軍，華盛頓屢戰屢敗，但又屢敗屢戰，經常都在瀕臨絕境的情況下成功反擊，最終他憑著堅毅不屈的精神扭轉局勢，打敗英國，令美國成功獨立。

不過，華盛頓最為後世讚頌的是他為美國的民主制度立下了堅實的基礎。華盛頓在戰勝獨立戰爭後，曾經被人擁立為國王，但他拒絕了。華盛頓當上總統後，在兩屆任期結束後就自願放棄權力，優雅地從權力高峰退下。

華盛頓此舉為當權者立下了良好的榜樣。今天，不少先進的民主國家甚至立法限制了國家元首的任期。可惜的是，仍然有不少落後的獨裁國家的領袖千方百計延長自己在位的時間，甚至不惜更改國家原有的制衡機制，令人非常感慨。

牙痛慘過大病

　　華盛頓出身軍人，自然有著強健的體魄。但原來他的身體有一個部分非常不健康，並且終身都困擾著他，那就是他的牙齒。

　　俗語有云：「牙痛慘過大病」，華盛頓的牙齒問題為他帶來了很多的痛苦。他經常在日記及書信提到他的牙痛或牙齦痛的情況。根據華盛頓的日記，他在 24 歲時就已經需要拔掉第一顆爛牙。之後他的牙齒狀態每況愈下，爛牙被接二連三地拔出。當他就任總統的時候，嘴內已經只剩下一顆牙齒。

　　由於失去牙齒的關係，他必須要配戴假牙去幫助進食與發音。當年的假牙物資當然不及今天的先進，它只是由牛牙、馬牙、象牙，甚至人類牙齒，再加上各式各樣的金屬所製成。由於當年的技術所限，華盛頓的假牙狀態並不良好，因而經常有牙齦紅腫發炎的問題。華盛頓亦因此需要經常向不同的牙醫求助。

　　華盛頓牙齒的問題似乎也影響到他的性格。如果他把嘴巴張得太大，假牙有可能跌出。為了避免尷尬，華盛頓乾脆避免張開嘴巴，這令他變得沉默寡言及不苟言笑，甚至變得性格孤僻。

　　有趣的是，華盛頓的牙齒問題原來也曾經間接幫助他打勝仗。話說在美國獨立戰爭後期，英軍只剩下紐約與約克鎮兩個重

要據點。英軍當時就截獲了一封由華盛頓寫給其牙醫格林伍德
（John Greenwood）的信，華盛頓在信中請格林伍德準備好刮
牙刀和假牙套等工具，等他過去求醫。英國的統帥克林頓（Henry
Clinton）於是猜想華盛頓一定是牙齦問題又復發。格林伍德居於
紐約，於是克林頓又進一步推斷華盛頓可能想帶領軍隊前往攻擊紐
約，順道更換假牙。克林頓因此把約克鎮的軍隊調往防守紐約。原
來這只是華盛頓的調虎離山之計，他真正想攻擊的地方原來是約克
鎮，信件是他偽造出來欺騙英軍的。最後英軍主力在約克鎮中被殲
滅。

這場戰役是美國獨立戰爭中最關鍵的戰役之一，並確立了華盛
頓在獨立戰爭中的最終勝利。他的假牙竟然也是此次勝利的其中一
個推手。

假牙黏著劑與血液的恩怨情仇

史丹福在《血案》三部曲中多番強調，血液運行全身，與身體
各部分的關係都是環環相扣，唇寒齒亡。血液的疾病可以影響身體
其他器官，其他器官的疾病又會「以彼之道還施彼身」，影響血液。

我們在《血案》三部曲中已經討論過肝病、骨病、腸胃疾病、
睡眠窒息症等各種疾病對血液的影響。聰明的讀者朋友也許會想，

檔案六
其他與血液學
相關的疾病

難道假牙都可以影響到血液？這也未免太過令人匪夷所思吧？不過，人體的運作正正就是這麼奧妙。即使是假牙這個看似與血液風馬牛不相及的問題，都一樣有可能以令人意想不到的形式干擾血液。古語有云：「牽一髮動全身」，但原來「牽假牙亦可以動全身」。

在華盛頓的年代，假牙的製作技術不佳，所以假牙常常會掉下來，華盛頓需要經常用舌頭把假牙頂住以固定它，相信這必定令他煩惱不已。

為了解決這個困擾很多人的問題，牙醫或牙科工作者都絞盡腦汁。18 世紀末期，假牙黏著劑開始出現，為飽受假牙移位問題困擾的病人亮起了曙光。黏著劑會吸收唾液中的水分而膨脹，把假牙黏附在口腔黏膜，以增加其穩定性。1913 年，美國第一個假牙黏著劑商品獲得專利權。直到 1930 年代，假牙黏著劑獲得了美國牙醫協會的認可，假牙黏著劑的使用亦變得越來越普遍。

到了 21 世紀初，陸續有不同的醫學案例報告提到有病人在長期使用假牙黏著劑後出現貧血、白血球數量減少及神經系統問題，例如肌肉無力、手腳麻痺、刺痛等。而病人體內的微量元素都有失衡的情況，包括鋅過量與銅缺乏。到底為何如此呢？

原來現代的假牙黏著劑大多都含有鈣鋅聚合物。鈣鋅聚合物在接觸到唾液後會發生水合，並形成黏力，將假牙固定在牙齦上。一

般來說，假牙黏著劑的鋅含量介乎於每克含 17 毫克至 38 毫克之間。鋅不會透過牙齦吸收，不過假牙黏著劑經過長時間的使用後會慢慢溶解，病人會在不經不覺的情況下吞掉假牙黏著劑的小顆粒，於是這些鋅就可以被腸道吸收。

人體內的鋅與銅有著非常微妙的關係。杜甫曾經寫過「人生不相見，動如參與商」的美麗詩句。意思是指人生不得相見，就如同星空中的參星和商星，兩者一沉一浮，無法在同一片天空中相遇。而鋅與銅也有著類似的關係，兩者一升一降，互相牽制。當鋅太多時，體內的銅就會減少。因此如果病人長期過量使用假牙黏著劑，就有可能引起鋅中毒及銅缺乏症。

人體內多種重要的酶都需要依靠銅去合成，因此銅缺乏症會影響體內不同細胞的新陳代謝，造成各式各樣的症狀。最受銅缺乏症影響的身體組織有兩個——神經系統與血液。

銅缺乏症可以損害神經及脊髓，而且這些損害很多時候都是永久性的，也就是說即使病人體內的銅含量回復正常，被傷害的神經組織亦可能無法復原。

那銅缺乏症又會如何影響我們最關心的血液呢？銅缺乏症會令嗜中性白血球減少、貧血及血小板下降。另外，患者骨髓中的血液

先驅細胞也會有特別的形態轉變，例如細胞質有液泡（vacuole）及出現環狀鐵粒幼紅細胞（ring sideroblast）等。

　　環狀鐵粒幼紅細胞是一個特別的血液學現象。為了檢測病人骨髓細胞中的鐵質，血液學醫生會用到普魯士藍（Prussian blue）這種染料。普魯士藍會把鐵質染成藍色。銅缺乏症會影響鐵的代謝，當紅血球先驅細胞無法有效地運用鐵，鐵就積聚在紅血球的線粒體（mitochondrion）內，在經普魯士藍染色的抹片下就會見到藍色的鐵顆粒包圍著細胞核，這種特殊的紅血球先驅細胞就叫做環狀鐵粒幼紅細胞。

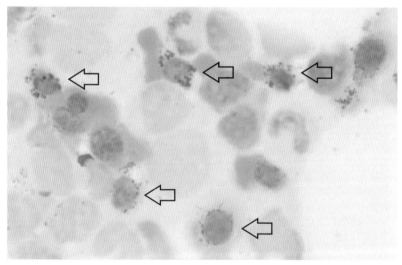

圖 6.5.1　被普魯士藍染料染上顏色的骨髓抽吸抹片，箭頭標示著環狀鐵粒幼紅細胞

　　假如華盛頓能夠時空穿梭至現代，並認識到假牙黏著劑這項產品，相信他必定會感到興奮無比，他可以利用假牙黏著劑去固定假牙，令自己不再尷尬，重拾自信。不過我們也要提醒他切勿興奮過度，樂極忘形，而是要根據指示適當地使用，切勿過量。根據研究，大部分因假牙黏著劑而患上銅缺乏症患者都是長期大量使用假牙黏著劑，某些案例中劑量可高達到每星期兩筒。不過只要適當使用，銅缺乏症的情況是非常罕見的。另外，為了防止以上提及的副作用，很多新推出的假牙黏著劑都不再使用鋅，因此也更加安全。

檔案六
其他與血液學
相關的疾病

參考資料

〈1.1 亞歷山大大帝血液中的保護者〉

Denic S, Nicholls MG. Malaria and Alexander the Great: How important is family history? *New Emirates Medical Journal*. 2006;*24*(3):197–199

Mishra SK, Mengestab A, Khosa S. Historical Perspective and Medical Maladies of Alexander the Great. *Cureus*. 2022;*14*(4):e23925.

Roberts DJ, Williams TN. Haemoglobinopathies and resistance to malaria. *Redox Rep*. 2003;*8*(5):304–310.

〈1.2 關公臉〉

Tefferi A, Barbui T. Polycythemia vera: 2024 update on diagnosis, risk–stratification, and management. *American Journal of Hematology*. 2023;*98*(9):1465–1487.

史海魅影（2020 年 9 月 19 日）。關羽紅臉形象因何而來？為何劉關張三人只有他是紅臉？。史海魅影。

林辰彥（2021 年 10 月 9 日）。為什麼紅臉？關公的來歷說給你聽。三立新聞網。

〈1.3 傻到留下耳朵給情人做裝飾的怪客〉

Demir D, Görkey S. Van gogh and the obsession of yellow: style or side effect. *Eye (London)*. 2019 Jan;*33*(1):165–166.

Kohlmeier RE. Chronic lead poisoning: induced psychosis in an adult? *American Journal of Forensic Medicine and Pathology*. 2002; *23*: 101.

Lead. Centre for Health Protection. Dec 07, 2018.

https://www.chp.gov.hk/en/healthtopics/content/459/7391.html

Weissman E. Vincent van Gogh (1853–90): the plumbic artist. *Journal of Medical Journal*. 2008 May;*16*(2):109–117.

〈1.4 羅斯福夫人的骨髓〉

Lerner BH. Final Diagnosis. *The Washington Post*. Feb 07, 2000.

Markel H. How a mysterious ailment ended Eleanor Roosevelt's life?. *PBS NewsHour*. Nov 07, 2020.

Schwatz AB. Medical mystery: What did Eleanor Roosevelt's physicians miss?. *The Philadelphia Inquirer*. Feb 26, 2017.

〈2.1 鶼鰈情深的戈爾巴喬夫夫婦〉

Alao LC. Who was Mikhall Gorbachev's wife, Raisa Gorbacheva?. *The Standard*. Aug 31, 2022.

Rosenberg S. Mikhall Gorbachev: Remembering a warm–hearted and generous man. *BBC*. Aug 31, 2022.

Winer ES, Stone RM. Novel therapy in Acute myeloid leukemia (AML): moving toward targeted approaches. *Therapeutic Advances in Hematology*. 2019;*10*:2040620719860645.

〈2.2 貝盧斯科尼的慢性白血病〉

Ghiglione D, Hancock S. Former Italian prime minister Silvio Berlusconi dies at 86. *BBC*. Jun 13, 2023.

Patnaik MM, Tefferi A. Chronic myelomonocytic leukemia: 2022 update on diagnosis, risk stratification, and management. *American Journal of Hematology*. 2022;*97*(3):352–372.

Povoledo E, Kolata G. Silvio Berlusconi, Former Italian Prime Minister, Is Being Treated for Leukemia. *The New York Times*. Apr 06, 2023.

〈2.3 一代才女的殞落〉

Bevan FA. [Letter to ed]. *British Medical Journal*. 1964:384.
Cope Z. Jane Austen's last illness. *British Medical Journal*. 1964;*2*(5402):182–183.
Khanna P, Malluru N, Pyada R, Gupta M, Akkihal K, Varkey TC. Fever of Unknown Origin: The Workup and Diagnosis of Pel–Ebstein Fever. *Cureus*. 2022;*14*(2):e21959.
Mukherjee R, Chowdhury S. Initial presentation of Hodgkin's Lymphoma as Extradural Spinal Cord Compression: A case report. *Asian Journal of Medical Sciences*. 2020;*11*(2):101–103.
Sanders MD, Graham EM. 'Black and white and every wrong colour': The medical history of Jane Austen and the possibility of systemic lupus erythematosus. *Lupus*. 2021;*30*(4):549–553.
Upfal A. Jane Austen's lifelong health problems and final illness: New evidence points to a fatal Hodgkin's disease and excludes the widely accepted Addison's. *Medical Humanities*. 2005;*31*(1):3–11.

〈2.4 任內病逝的法國總統龐比度〉

Brysland SA, Maqbool MG, Talaulikar D, Gardiner EE. Bleeding Propensity in Waldenström Macroglobulinemia: Potential Causes and Evaluation. *Thrombosis and Haemostasis*. 2022;*122*(11):1843–1857.
George Pompidou. *Élysée*. Dec 14,2022. https://www.elysee.fr/en/georges–pompidou
Lewis F. Pompidou has flu, stirring rumors. *The New York Times*. Feb 08, 1974.
Widow says Pompidou dies of blood poisoning, not cancer. *UPI*. Jun 29, 1982.

〈3.1 蘇軾 So Sick〉

Papageorgiou C, Jourdi G, Adjambri E, Walborn A, Patel P, Fareed J, et al. Disseminated Intravascular Coagulation: An Update on Pathogenesis, Diagnosis, and Therapeutic Strategies. *Clinical and Applied Thrombosis/ Hemostasis*. 2018;*24*(9_suppl):8S–28S.
蘇東坡一生所到之處，處處留名，悉數全球 18 座蘇東坡紀念堂。資訊咖。
https://inf.news/zh–hant/culture/b5c3811ad870ba5c530fe1fba8584f5d.html
陸以湉。《冷廬醫話》。中國哲學書電子化計劃。https://ctext.org/wiki.pl?if=gb&chapter=449441
宋宇晟（2013 年 8 月 20 日）。名人被熱死：蘇軾因暑熱去世 鄭成功中暑而亡。中國新聞網。https://www.chinanews.com.cn/cul/2013/08–20/5182697.shtml
張永亮博士（2023 年 3 月 28 日）。魚雁傳書，尺牘存情：東坡信札隨筆──養生去病。https://www.mychistory.com/d001/d0017/ch0019

〈3.2 聖殿騎士團的詛咒〉

Kim Y, Kim SY. Antiphospholipid Antibody and Recurrent Ischemic Stroke: A Systematic Review and Meta–Analysis. *Stroke*. 2020;*51*(12):3728–3732.
Zhao K, Zhou P, Xu L, Li R, Yang J, Zhang Q, Yang M, Wei X. Was Antiphospholipid Syndrome a Risk Factor of Stroke? A Systemic Review and Meta–Analysis of Cohort Studies. *Disease Markers*. 2021;*2021*:4431907.

〈3.3 奧本海默夫人的死亡之旅〉

Katherine "Kitty" Oppenheimer. *Atomic Heritage Foundation*.
https://ahf.nuclearmuseum.org/ahf/profile/katherine–kitty–oppenheimer/
White RH, Keenan CR. Effects of race and ethnicity on the incidence of venous thromboembolism. *Thrombosis Research*. 2009;*123*(Suppl 4):S11–S17.

〈3.4 夏洛特公主的三重悲劇〉

Friedman AJ, Kohorn EI, Nuland SB. Did Princess Charlotte die of pulmonary embolism? *British Journal of Obstetrics and Gynaecology*. 1988;*95*(7):683–688.
Gilbert WM, Danielsen B. Amniotic fluid embolism: decreased mortality in a population–based study. *Obstetrics & Gynecology*. 1999; *93*(6):973–7.

參考資料

Holland E. The Princess Charlotte of Wales: a triple obstetric tragedy. *Journal of obstetrics and gynaecology of the British Empire*. 1951;*58*(6):905–919.

Kohorn EI. The death of the Princess Charlotte of Wales in 1817 was more likely due to pulmonary embolism than to postpartum haemorrhage. *British Journal of Obstetrics and Gynaecology*. 2018;*125*(11):1356.

Ober WB. Obstetrical events that shaped Western European history. *Yale Journal of Biology and Medicine*. 1992;*65*(3):201–10.

Stafford IA, Moaddab A, Dildy GA, Klassen M, Berra A, Watters C, et al. Amniotic fluid embolism syndrome: analysis of the Unites States International Registry. *American Journal of Obstetrics & Gynecology MFM*. 2020;*2*(2):100083.

〈4.1 香港熱〉

Carroll, JM. A Concise History of Hong Kong. Hong Kong: *Hong Kong University Press*. 2007.

Cowell C. The Hong Kong Fever of 1843: Collective Trauma and the Reconfiguring of Colonial Space. *Modern Asian Studies*. 2013;*47*(2):329–364.

Number of notifiable infectious diseases by month. *Centre for Health Protection*. https://www.chp.gov.hk/en/static/24012.html

〈4.2 李察三世肚子裡的蟲〉

Mitchell PD, Yeh HY, Appleby J, Buckley R. The intestinal parasites of King Richard III. *Lancet*. 2013;*382*(9895):888.

Richard III: Discovery and identification. *University of Leicester*. https://le.ac.uk/richard-iii

洪任賢（2017 年 1 月 16 日）。從《時間的女兒》讀理查三世：世上沒有史實，只有史觀。womany 女人迷。

〈4.3 釋迦牟尼的涅槃〉

Chen TS, Chen PS. The death of Buddha: a medical enquiry. *Journal of Medical Biography*. 2005;*13*(2):100–103.

Simon TG, Bradley J, Jones A, Carino G. Massive intravascular hemolysis from Clostridium perfringens septicemia: a review. *Journal of Intensive Care Medicine*. 2014;*29*(6):327–333.

〈4.4 鄭成功在台灣留下的印記〉

Editor-Jane（2016 年 6 月 16 日）。陳耀昌：DNA 尋根記 追求族群共「榮」。Gene Online。

Gessain A, Cassar O. Epidemiological Aspects and World Distribution of HTLV-1 Infection. *Frontiers in Microbiology*. 2012;*3*:388.

Gonçalves DU, Proietti FA, Ribas JG, Araújo MG, Pinheiro SR, Guedes AC, Carneiro-Proietti AB. Epidemiology, treatment, and prevention of human T-cell leukemia virus type 1–associated diseases. *Clinical Microbiology Reviews*. 2010;*23*(3):577–589.

Mehta-Shah N, Ratner L, Horwitz SM. Adult T-Cell Leukemia/Lymphoma. *Journal of Oncology Practice*. 2017;*13*(8):487–492.

陳耀昌（2015 年 10 月 3 日）。陳耀昌專文：鄭成功密碼。新新聞。

〈4.5 令亨利八世膽戰心驚的汗熱病〉

Blackmore E. The Mysterious Epidemic That Terrified Henry VIII. *History*. Aug 24, 2017.

Borman T. What was the Sweating Sickness? And how did Henry VIII 'self-isolate'?. *History Extra*. Mar 24, 2020.

Heyman P, Simons L, Cochez C. Were the English sweating sickness and the Picardy sweat caused by hantaviruses? *Viruses*. 2014;*6*(1):151–171.

Hunter PR. The English sweating sickness, with particular reference to the 1551 outbreak in Chester. *Reviews of Infectious Diseases*. 1991;*13*(2):303–306.

Thwaites G, Taviner M, Gant V. The English sweating sickness, 1485 to 1551. *The New England Journal of Medicine*. 1997;*336*(8):580–582.

〈5.1 教宗依諾增爵八世是史上首名接受輸血者嗎？〉

CR. Blood Transfusion in 1492?. *JAMA*. 1914;LXII(8):633.

Gottlieb AM. History of the first blood transfusion but a fable agreed upon: the transfusion of blood to a pope. *Transfusion Medicine Reviews*. 1991;*5*(3):228–235.

Lindeboom GA. The Story of a Blood Transfusion to a Pope. *Journal of the History of Medicine and Allied Sciences*. 1954;*9*(4):455–459.

Turner M. Blood and hate: The anti–Semitic origin of the fabled first transfusion. *Hektoen International*. 2023.

〈5.2 西班牙內戰中的輸血革命〉

Deslauriers J, Goulet D. The medical life of Henry Norman Bethune. *Canadian Respiratory Journal*. 2015;*22*(6):e32–42.

Ellis RW. Blood Transfusion at the Front (Film by Dr. Frederic Duran–Jordá, Chief of the Spanish Government Blood–transfusion Service): (Section of Surgery). *Proceedings of the Royal Society of Medicine*. 1938;*31*(6):684–6.

Lozano M, Cid J. Frederic Duran–Jorda: a transfusion medicine pioneer. *Transfusion Medicine Reviews*. 2007;*21*(1):75–81.

Tan SY, Pettigrew K. Henry Norman Bethune (1890–1939): Surgeon, communist, humanitarian. *Singapore Medical Journal*. 2016;*57*(10):526–527.

〈5.3 血液救英國〉

Adamski J. Thrombotic microangiopathy and indications for therapeutic plasma exchange. *Hematology–American Society of Hematology Education Program*. 2014;*2014*(1):444–9.

Craft PP. Charles Drew: dispelling the myth. *Southern Medical Journal*. 1992;*85*(12):1236–40, 1246.

Kratz J. Dr. Charles Drew: A Pioneer in Blood Transfusions. *Pieces of History*. Feb 08, 2023.

Stetten D. The Blood Plasma for Great Britain Project. *Bulletin of the New York Academy of Medicine*. 1941;*17*(1):27–38.

Tan SY, Merritt C. Charles Richard Drew (1904–1950): Father of blood banking. *Singapore Medical Journal*. 2017;*58*(10):593–594.

Wallace R. Medical Innovations: Charles Drew and Blood Banking. *The National WWII Museum*. May 04, 2020.

〈5.4 於珍珠港初試啼聲的白蛋白製劑〉

Featherstone PJ, Ball CM. The development of albumin solutions in the Second World War. *Anaesthesia and Intensive Care*. 2023;*51*(4):236–238.

Kendrick DB. *Blood program in World War II*. Washington, DC: Office of the Surgeon General, Department of the Army, 1964.

Liumbruno GM, Bennardello F, Lattanzio A, Piccoli P, Rossettias G; Italian Society of Transfusion Medicine and Immunohaematology (SIMTI). Recommendations for the use of albumin and immunoglobulins. *Blood Transfusion*. 2009;*7*(3):216–34.

〈6.1 鐵漢柔情戴高樂〉

Baruchel A, Bourquin JP, Crispino J, Cuartero S, Hasle H, Hitzler J, et al. Down syndrome and leukemia: from basic mechanisms to clinical advances. *Haematologica*. 2023;*108*(10):2570–2581.

Gregg S. A Father's Love: The Story of Charles and Anne. *The Catholic World Report*. Apr 26, 2017.

Janoff EN, Tseng HF, Nguyen JL, Alfred T, Vietri J, McDaniel A, et al. Incidence and clinical outcomes of pneumonia in persons with down syndrome in the United States. *Vaccine*. 2023;*41*(31):4571–4578.

Raymond JD. Patriotic and Patriarchal: Charles De Gaulle's Love for His Daughter. *Gaudium Magazine*. Jun 19, 2022.

Santoro SL, Chicoine B, Jasien JM, Kim JL, Stephens M, Bulova P, et al. Pneumonia and respiratory infections in Down syndrome: A scoping review of the literature. *American Journal of Medical Genetics Part A*. 2021;*185*(1):286–299.

Xavier AC, Taub JW. Acute leukemia in children with Down syndrome. *Haematologica*. 2010;*95*(7):1043–1045.

〈6.2 安息帝國國王的「王室象徵」〉

Gupta AK, Meena JP, Chopra A, Tanwar P, Seth R. Juvenile myelomonocytic leukemia–A comprehensive review and recent advances in management. *American Journal of Blood Research*. 2021;*11*(1):1–21.

Ruggieri M, Praticò AD, Caltabiano R, Polizzi A. Early history of the different forms of neurofibromatosis from ancient Egypt to the British Empire and beyond: First descriptions, medical curiosities, misconceptions, landmarks, and the persons behind the syndromes. *American Journal of Medical Genetics Part A*. 2018;*176*(3):515–550.

Side LE, Emanuel PD, Taylor B, Franklin J, Thompson P, Castleberry RP, et al. Mutations of the NF1 gene in children with juvenile myelomonocytic leukemia without clinical evidence of neurofibromatosis, type 1. *Blood*. 1998;*92*(1):267–272.

Todman D. Warts and the kings of Parthia: an ancient representation of hereditary Neurofibromatosis depicted in coins. *Journal of the History of the Neurosciences*. 2008;*17*(2):141–146.

〈6.3 被摩納哥親王耽誤的科學家〉

Cohen SG, Zelaya-Quesada M. Portier, Richet, and the discovery of anaphylaxis: a centennial. *Journal of Allergy and Clinical Immunology*. 2002;*110*(2):331–6.

Gilstad CW. Anaphylactic transfusion reactions. *Current Opinion in Hematology*. 2003;*10*(6):419–23.

〈6.4 埃及一代明君,難敵黃蜂尾後針〉

Akin C. How to evaluate the patient with a suspected mast cell disorder and how/when to manage symptoms. *Hematology-American Society of Hematology Education Program*. 2022;*2022*(1):55–63.

Krombach JW, Kampe S, Keller CA, Wright PM. Pharaoh Menes' death after an anaphylactic reaction––the end of a myth. *Allergy*. 2004;*59*(11):1234–5.

Ruwanpathirana P, Priyankara D. Clinical manifestations of wasp stings: a case report and a review of literature. *Tropical Medicine and Health*. 2022;*50*(1):82.

Sahiner UM, Durham SR. Hymenoptera Venom Allergy: How Does Venom Immunotherapy Prevent Anaphylaxis From Bee and Wasp Stings? *Frontiers in Immunology*. 2019;*10*:1959.

Valent P, Akin C, Bonadonna P, Hartmann K, Broesby-Olsen S, Brockow K, et a;. Mast cell activation syndrome: Importance of consensus criteria and call for research. *Journal of Allergy and Clinical Immunology*. 2018;*142*(3):1008–1010.

Wadell LA. *Egyptian civilization it's sumerian original & real chronology*, pp. 60–63. London: Luzac & Co, 1930.

Lee, J. H., Kim, M. J., Park, Y. S., Kim, E., Chung, H. S., & Chung, S. P. (2023). Severe Systemic Reactions Following Bee Sting Injuries in Korea. *Yonsei medical journal*, *64*(6), 404–412. https://doi.org/10.3349/ymj.2022.0532

〈6.5 華盛頓的假牙〉

Barton AL, Fisher RA, GDP Smith. Zinc poisoning from excessive denture fixative use masquerading as myelopolyneuropathy and hypocupraemia. *Annals of Clinical Biochemistry*. 2011;*48*:383–385.

Denture Adhesives. *U.S. Food & Drug Administration*.
https://www.fda.gov/medical-devices/dental-devices/denture-adhesives

George Washington's dentures. *The Journal of the American Dental Association*. 1968;*76*(5):961.

Papadiochou S, Emmanouil I, Papadiochos I. Denture adhesives: A systematic review. *The Journal of Prosthetic Dentistry*. 2015;*113*(5):391–397.e2.

血液學視角下的
歷史與命運

作者	史丹福
總編輯	葉海旋
編輯	周詠茵
書籍設計	TakeEverythingEasy Design Studio

出版	花千樹出版有限公司
地址	九龍深水埗元州街 290-296 號 1104 室
電郵	info@arcadiapress.com.hk
網址	www.arcadiapress.com.hk
印刷	美雅印刷製本有限公司
初版	2024 年 7 月
ISBN	978-988-8789-35-1